俄苏文学经典译著·长篇小说

柯伦泰（1872—1952）

　　苏联著名女政治家、作家。1915 年加入苏联共产党。1917 年在彼得格勒参加十月革命，任中央委员。1920 年任党中央妇女部部长，提倡自由恋爱，简化结婚和离婚手续，消除对私生子的歧视，以及从各方面改善妇女地位。因为她熟悉欧洲十余种语言，1923 年任苏联驻挪威全权代表，此后又任驻墨西哥、瑞典等国大使，是世界上第一位女大使。她被西方的女权主义者奉为先驱。其小说擅长描写革命者的恋爱关系，代表作为长篇小说《赤恋》。

温生民

　　翻译家。曾翻译出版柯伦泰的长篇小说《赤恋》，以及柯伦泰的小说集《恋爱之道》（内收《三代的恋爱》和《姊妹》两种）。

Болышая
любовь.

Kollontai

赤恋

[苏]柯伦泰 著

温生民 译

俄苏文学经典译著·

长 篇 小 说

Russian

Literature

Classic.

NOVEL

三联书店

图书在版编目（CIP）数据

赤恋 /（苏）柯伦泰著；温生民译. —北京：生活·读书·新知三联书店，2019.5

（俄苏文学经典译著·长篇小说）

ISBN 978 - 7 - 108 - 06566 - 7

Ⅰ. ①赤…　Ⅱ. ①柯…②温…　Ⅲ. ①长篇小说－苏联　Ⅳ. ①I512.45

中国版本图书馆 CIP 数据核字（2019）第 059179 号

责任编辑　杨柳青
封面设计　樱　桃
责任印制　黄雪明
出版发行　生活·讀書·新知 三联书店
　　　　　（北京市东城区美术馆东街 22 号）
邮　　编　100010
印　　刷　常熟市人民印刷有限公司
排　　版　南京前锦排版服务有限公司
版　　次　2019 年 5 月第 1 版
　　　　　2019 年 5 月第 1 次印刷
开　　本　650 毫米×900 毫米　1/16　印张　15.25
字　　数　165 千字
定　　价　54.00 元

俄苏文学经典译著

出版说明

　　本丛书是对中国左翼作家所译俄苏文学经典一次系统的整理和展现，所辑各书均为名家名译，这不仅是文献和版本意义上的出版，更是对当时红色文化移植的重新激活。

　　早在 1948 年生活书店、读书出版社、新知书店合并为生活·读书·新知三联书店前，三家出版社就以引介俄苏经典文学和社会理论图书等为己任。比如 1937 年生活书店出版托尔斯泰的《安娜·卡列尼娜》，1946 年新知书店出版《钢铁是怎样炼成的》。1949 年以后，虽然也有出版社对俄苏文学经典进行重译、重编，但难免失去了初始的本色，并且遗失了些许当时出版的有价值的译著；此外，左翼作家的译介因其"著译合一"的特点，在众多译本中，自有其价值；更重要的是，这些文学经典蕴含的对生活的热情、对信仰的坚守、对事业的激情在今天亦鼓动人心，能给每一位真诚活着的人以前行的动力。因此，系统地整理出版左翼作家翻译的俄苏文学经典是必要的。

　　我们在对书稿进行加工时，主要遵循了以下原则：

　　一、本丛书为重排本，由繁体字竖排版改为简体字横排版。

　　二、忠实原作，保持原译语言风格及表现方式；对书中人物及相关译名除必要的规范外基本保留。

　　三、原书注释如旧，编者所出的注释，均以"编者注"标明，以示与原书注释的区别。

四、对原书中各种错讹脱衍之处，直接订正。

五、数字只要统一、规范，基本沿用；对标点符号的用法，尽可能做到规范。

六、在不影响原译意的情况下，对个别表述可能有歧义的字句进行必要斟酌处理。

俄苏文学经典译著

总　序

生活·读书·新知三联书店推出"俄苏文学经典译著·长篇小说"丛书，意义重大，令人欣喜。

这套丛书撷取了1919至1949年介绍到中国的近50种著名的俄苏文学作品。1919年是中国历史和文化上的一个重要的分水岭，它对于中国俄苏文学译介同样如此，俄苏文学译介自此进入盛期并日益深刻地影响中国。从某种意义上来说，这套丛书的出版既是对"五四"百年的一种独特纪念，也是对中国俄苏文学译介的一个极佳的世纪回眸。

丛书收入了普希金、果戈理、屠格涅夫、陀思妥耶夫斯基、托尔斯泰、高尔基、肖洛霍夫、法捷耶夫、奥斯特洛夫斯基、格罗斯曼等著名作家的代表作，深刻反映了俄国社会不同历史时期的面貌，内容精彩纷呈，艺术精湛独到。

这些名著的译者名家云集，他们的翻译活动与时代相呼应。20世纪20年代以后，特别是"左联"成立后，中国的革命文学家和进步知识分子成了新文学运动中翻译的主将和领导者，如鲁迅、瞿秋白、耿济之、茅盾、郑振铎等。本丛书的主要译者多为"文学研究会"和"中国左翼作家联盟"的成员，如"左联"成员就有鲁迅、茅盾、沈端先（夏衍）、赵璜（柔石）、丽尼、周立波、周扬、蒋光慈、洪灵菲、姚蓬子、王季愚、杨骚、梅益等；其他译者也均为左翼作家或进步人士，如巴金、曹靖华、罗稷南、高植、陆蠡、李霁野、金人等。这些进步的翻译家不仅是优秀的译者、杰出的作家或学者，同时他们纠正以往译界的不良风气，将翻译事业与中国反帝反封建的斗争结合起来，成为中国新文学运动中的一支重要力量。

这些译者将目光更多地转向了俄苏文学。俄国文学的为社会为人生的主旨得到了同样具有强烈的危机意识和救亡意识，同样将文学看作疗救社会病痛和改造民族灵魂的药方的中国新文学先驱者的认同。茅盾对此这样描述道："我也是和我这一代人同样地被'五四'运动所惊醒了的。我，恐怕也有不少的人像我一样，从魏晋小品、齐梁词赋的梦游世界中，睁圆了眼睛大吃一惊的，是读到了苦苦追求人生意义的19世纪的俄罗斯古典文学。"[1] 鲁迅写于1932年的《祝中俄文字之交》一文则高度评价了俄国古典文学和现代苏联文学所取得的成就："15年前，被西欧的所谓文明国人看作未开化的俄国，那文学，在世界文坛上，是胜利的；15年以来，被帝国主义看作恶魔的苏联，那文学，在世界文坛上，是胜利的。这里的所谓'胜利'，是说，以它的内容和技术的杰出，而得到广大的读者，并且给予了读者许多有益的东西。它在中国，也没有出于这例子之外。""那时就知道了俄国文学是我们的导师和朋友。因为从那里面，看见了被压迫者的善良的灵魂，的酸辛，的挣扎，还和40年代的作品一同烧起希望，和60年代的作品一同感到悲哀。""俄国的作品，渐渐地绍介进中国来了，同时也得到了一部分读者的共鸣，只是传布开去。"鲁迅先生的这些见解可以在中国翻译俄苏文学的历程中得到印证。

中国最初的俄国文学作品译介始于1872年，在《中西闻见录》的

---

[1] 茅盾：《契诃夫的时代意义》，载《世界文学》1960年1月号。

创刊号上刊载有丁韪良（美国传教士）译的《俄人寓言》一则。[1] 但是从1872年至1919年将近半个世纪，俄国文学译介的数量甚少，在当时的外国文学译介总量中所占的比重很小。晚清至民国初年，中国的外国文学译介者的目光大都集中在英法等国文学上，直到"五四"时期才更多地移向了"自出新理"（茅盾语）的俄国文学上来。这一点从译介的数量和质量上可以见到。

首先译作数量大增。"五四"时期，俄国文学作品译介在中国"极一时之盛"的局面开始出现。据《中国新文学大系》（史料·索引卷）不完全统计，1919年后的八年（1920年至1927年），中国翻译外国文学作品，印成单行本的（不计综合性的集子和理论译著）有190种，其中俄国为69种（在此期间初版的俄国文学作品实为83种，另有许多重版书），大大超过任何一个国家，占总数近五分之二，译介之集中可见一斑。再纵向比较，1900至1916年，俄国文学单行本初版数年均不到0.9部，1917至1919年为年均1.7部，而此后八年则为年均约十部，虽还不能与其后的年代相比，但已显出大幅度跃升的态势。出版的小说单行本译著有：普希金的《甲必丹之女》（即《上尉的女儿》），陀思妥耶夫斯基的《穷人》、《主妇》（即《女房东》），屠格涅夫的《前夜》、《父与子》、《新时代》（即《处女地》），托尔斯泰的《婀娜小史》（即《安娜·卡列尼娜》）、《现身说法》（即《童年·少年·青年》）、《复活》，柯罗连科的《玛加尔的梦》和《盲乐师》，路卜洵的《灰色马》，阿尔志跋绥夫的《工人绥惠略夫》等。[2] 在许多综合性的集子中，俄国文学的译作也占重要位置，还有更多的作品散布在各种期刊上。

其次翻译质量提高。辛亥革命前后至"五四"高潮前，中国的俄国

---

[1] 可参见笔者在《二十世纪中俄文学关系》（学林出版社，1998；高等教育出版社，2002）中的相关考证。

[2] 这套丛书中收入了这一时期张亚权译的柯罗连科的《盲乐师》（商务印书馆，1926）。

文学译介均为转译本，且多为文言。即使一些"名家名译"，如戢翼翚译的普希罄《俄国情史》（即普希金《上尉的女儿》，1903）、马君武译的托尔斯泰的《心狱》（即《复活》，1914）、林纾和陈家麟合译的托尔斯泰的《罗刹因果录》（收八篇短篇，1915）等，也因受当时译风的影响，对原作进行改动或发挥之处颇多，有的译作几近于演述。1919 年以后，译者队伍与译风发生了根本上的变化。一批才气横溢的通俄语的年轻人加入了俄国文学作品翻译的队伍，其中有瞿秋白、耿济之、沈颖、韦素园、曹靖华等。以本套丛书入选译本最多的译者耿济之为例。耿济之早年在俄文专修馆学习，1919 年在《新中国》杂志上发表最初的译作，即托尔斯泰的《真幸福》（即《伊略斯》）和《旅客夜谭》（即《克莱采奏鸣曲》）等作品。20 年代初期，耿济之又有果戈理的《马车》和《疯人日记》、赫尔岑的《鹊贼》、屠格涅夫的《村之月》、奥斯特洛夫斯基的《雷雨》、托尔斯泰的《家庭幸福》和《黑暗之势力》、契诃夫的《侯爵夫人》等重要译作。此后他一发不可收，数十年间译出了大量的俄国文学名著，是中国早期产量最多和态度最严肃的俄国文学译介者。当然，这时期仍有相当一部分翻译家依然利用其他语种的文字在转译俄国文学作品，如鲁迅、周作人、李霁野、郑振铎、赵景深、郭沫若等。这些译者大多学养深厚，译风严谨。鲁迅在 20 年代前期和中期译出了阿尔志跋绥夫的《工人绥惠略夫》《幸福》《医生》和《巴什唐之死》、安德列耶夫的《黯淡的烟霭里》和《书籍》、契诃夫的《连翘》、迦尔洵的《一篇很短的传奇》等不少俄国文学作品。尽管是转译，但翻译的水准受到学界好评。

　　20 世纪二三十年代，中国文坛开始引进苏俄文学。1931 年 12 月，瞿秋白在给鲁迅的信中谈到：有系统地译介苏联文学名著，"这是中国普罗文学者的重要任务之一"[1]。不少出版社在 20 年代末相继推出

[1] 瞿秋白：《论翻译》，见《瞿秋白文集》第 2 卷，人民文学出版社 1954 年版。

"新俄文学"作品专集。最早出现的是由曹靖华辑译、北平未名社1927年出版的《白茶（苏俄独幕剧集）》一书。而后，鲁迅、叶灵凤、曹靖华、蒋光慈、傅东华、冯雪峰和郭沫若等辑译的各种苏联文学作品集相继问世。这一时期，译出了不少活跃于十月革命前后的苏俄著名作家的作品。比较重要的有：拉夫列尼约夫的《第四十一》、革拉特珂夫的《士敏土》、绥拉菲莫维奇的《铁流》、法捷耶夫的《毁灭》、聂维罗夫的《不走正路的安得伦》、雅科夫列夫的《十月》、伊凡诺夫的《铁甲列车Nr.14-6》、富曼诺夫的《夏伯阳》、肖洛霍夫的《静静的顿河》（前两部）和《被开垦的处女地》、奥斯特洛夫斯基的长篇小说《钢铁是怎样炼成的》、诺维科夫-普里波伊的《对马》、马雅可夫斯基的诗集《呐喊》、爱伦堡等人的报告文学集《在特鲁厄尔前线》和阿·托尔斯泰的剧本《丹东之死》等。

这一时期，作品被译得最多的作家是高尔基。最早出现的是宋桂煌从英文转译的《高尔基小说集》（上海民智书局，1928）。这部小说集中载有《二十六个男和一女》和《拆尔卡士》（即《切尔卡什》）等五篇作品。最早出现的单行本是沈端先（即夏衍）从日文转译的高尔基的《母亲》。[1] 30年代中国出版的有关高尔基的文集、选集和各种单行本更多，总数达57种，如鲁迅编的《戈里基文录》、瞿秋白译的《高尔基创作选集》、黄源编译的《高尔基代表作》、周天民等编选的《高尔基选集》（六卷）等。此外问世的还有：鲁迅等译的短篇集《恶魔》和《俄罗斯的童话》、史铁儿（即瞿秋白）译的《不平常的故事》、巴金译的短篇集《草原故事》、丽尼译的《天蓝的生活》、钱谦吾（即阿英）译的《劳动的音乐》、蓬子译的《我的童年》、王季愚译的《在人间》、杜畏之等译的《我的大学》、何素文译的《夏天》、何妨译的《忏悔》、罗稷南译的《四十年间》、赵璜（即柔石）译的《颓废》（即《阿尔达莫诺夫家

---

[1] 该书1929年由上海大江书铺出版第一部，次年出版第二部。

的事业》)、钟石韦译的《三人》、李谊译的《夜店》(即《底层》)和贺知远译的《太阳的孩子们》等。

进入20世纪40年代,由于苏德战争和太平洋战争的爆发,中国文坛把自己的目光转向了苏联卫国战争文学。1942年在上海创刊(1949年终刊)的《苏联文艺》发表的各类作品的总字数达六百多万字,其中大部分是反映苏联卫国战争的文学作品。此外,仅就单行本而言,各出版社出版或重版的此类书籍的数量有百余种之多。这些作品极大地鼓舞了中国人民反抗外族入侵和黑暗统治的斗志。也许今天的人们已经淡忘了它们,有些作品从艺术上看似乎也有些逊色。但是,其中经受住了历史检验的优秀之作,仍值得我们珍视。这一时期,苏联其他一些文学作品也有译介。值得一提的有:肖洛霍夫的《静静的顿河》(全译本)、叶赛宁、勃洛克和马雅可夫斯基合集的《苏联三大诗人代表作》、阿·托尔斯泰的《苦难的历程》和《彼得大帝》、费定的《城与年》、奥斯特洛夫斯基的《暴风雨所诞生的》、潘诺娃的《旅伴》、克雷莫夫的《油船德宾特号》、波列伏依的《真正的人》、卡达耶夫的《时间呀,前进!》、列昂诺夫的《索溪》、冈察尔的《旗手》(第一部)、包戈廷的剧本《带枪的人》《苏联名作家专集》(共五辑)等。其中不少名著在这一时期初次被译成中文。可以说,至20世纪40年代末,苏联重要的主流文学作品译介得已相当全面。

1919年以后的30年间,译介到中国的俄苏文学作品产生了巨大的影响。钱谷融教授曾经生动地描述过抗战时期他随学校迁至四川偏远小城,在那里迷上俄国文学的一些情景。他还表示自己"是喝着俄国文学的乳汁而成长的","俄国文学对我的影响不仅仅是在文学方面,它深入到我的血液和骨髓里,我观照万事万物的眼光识力,乃至我的整个心灵,都与俄国文学对我的陶冶薰育之功不可分。我已不记得最先接触到的俄国文学名著是哪一本了,总之是一接触到它就立即把我深深地吸引住了,使我如醉如痴,使我废寝忘食。尽管只要是真正的名著,不管它是英、美的，法国的，德国的，还是其他国家的，都能吸引我，都能使我迷醉。但是论其作品数量之多，吸引我的程度之深，则无论哪一国的文学，都比不上俄国文学"。这样的感受和评价在那一时代的知识分子中并不罕见。

由于社会的、历史的和文学的因素使然，中国知识分子（特别是左翼知识分子）强烈地认同俄苏文化中蕴含着的鲜明的民主意识、人道精神和历史使命感。红色中国对俄苏文化表现出空前的热情，俄罗斯优秀的音乐、绘画、舞蹈和文学作品曾风靡整个中国，深刻地影响了几代中国人精神上的成长。除了俄罗斯本土以外，中国读者和观众对俄苏文化的熟悉程度举世无双。在高举斗争旗帜的年代，这种外来文化不仅培育了人们的理想主义的情怀，而且也给予了我们当时的文化所缺乏的那种生活气息和人情味。因此，尽管中俄（苏）两国之间的国家关系几经曲折，但是俄苏文化的影响力却历久而不衰。

在中国译介俄苏文学的漫漫长途中，除了翻译家们所做出的杰出贡献外，还有无数的出版人为此付出了艰辛的努力，甚至冒了巨大的风险。在俄苏文学经典的译著中，我们常常可以看到商务印书馆、中华书局、开明书店、文化生活出版社等出版社的名字，也常常可以看到三联书店的前身生活书店、读书出版社、新知书店的名字。这套丛书中就有：生活书店1936年出版的、由周立波翻译的肖洛霍夫的小说《被开垦的处女地》，生活书店1936年出版的、由王季愚翻译的高尔基的小说《在人间》，生活书店1937年出版的、由周扬和罗稷南翻译的列夫·托尔斯泰的小说《安娜·卡列尼娜》，新知书店1937年出版的、由梅益翻译的普里波伊的小说《对马》，读书出版社1943年出版的、由王语今翻译的奥斯特洛夫斯基的小说《暴风雨所诞生的》，新知书店1946年出版的、由梅益翻译的奥斯特洛夫斯基的小说《钢铁是怎样炼成的》，生活书店1948年出版的、由罗稷南翻译的高尔基小说《克里·萨木金的一生》。熠熠生辉的名家名译，这是现代出版界在中国文化发展史上写就

　　的不可磨灭的一笔。这套丛书的出版也是三联书店文脉传承的写照。

　　尽管由于时代的发展，文字的变迁，丛书中某些译本的表述方式或者人物译名会与当下有所差异，但是这些出自名家之手的早期译本有着独特的价值。名译与名著的辉映，使经典具有了恒久的魅力。相信如今的读者也能从那些原汁原味的译著中品味名著与译家的风采，汲取有益的养料。

陈建华

2018 年 7 月于沪上西郊夏州花园

译序

这几年来，我国的青年们在恋爱和事业的问题上纠缠不清，就是在所谓革命的集团中也把革命和恋爱放在一块并煞有介事地在那里研讨，找出一些模糊不清的结论。其实，这也难怪，在封建社会急速地崩溃，国内资本主义又很少建设的可能的这种矛盾的时代当中，这种对于两性关系的混沌不正确的见解当然会反映出来：一方面憧憬着新酒浆的芳醇，两性关系的自然的社会的解决；另方面又不自觉或自觉地囿于旧皮囊的束缚，迷沉于两性关系的过去的主张与德律中。

老实说，两性关系不过是人与人间的关系的一种，虽然是不可避免的关系，可是并不是人与人间的关系的全部。所以，两性关系只要不妨害其他关系的进行，不悖乎生理与社会的要求，那便是合理的正确的。恋爱不过是有闲的老爷、太太、少爷、小姐们制造出来的神秘的名词，让他们或她们自己去陶醉去追寻的东西吧。我看你没有饭吃了还谈不谈恋爱！

人是社会的动物，每一个人都负有历史的社会的使命。现在的社会是阶级的社会。那些压迫阶级的人们，站在被压迫阶级的上面，榨取着被压迫阶级的血汗，在维持他们的优越地位之余，还有闲情来玩他们或她们的"恋爱"把戏。可是，我们是被压迫者，是被压迫阶级，不要说没有让我们"恋爱"的机会，就是有，也是在枪锋剑镝、皮鞭铁链等等之下流着汗，喘着气去"恋爱"。那又有什么意味呢？啊！我们还有比"恋爱"更重大的任务啊！我们如果要享受美满的"恋爱"，我们也要先完成了那更重大的工作——变革社会的工作——才可能。

赤恋就是暗示这种"恋爱之道"的有意义的小说。我们虽然不能完全同意本书的一切主张，可是，华西利莎从两性关系的囚笼超脱出来，勇敢地对着现实做一位社会人，这一点却是值得赞赏的。也就是因为这样才把它翻成中文，并不是为了本书已有十余国译本的虚誉才动手译的。

最后，关于著者让我在这里介绍几句吧：柯伦泰女士 Alexandra Kollontay 生于一八七二年，一八九八年夏加入旧俄的社会民主党，参加社会革命运动，其后至德国丘力许大学[1] Zurich 留学，十月革命前漫游海外，备尝艰苦。在法时曾参加妇女解放及工人启蒙运动。随加入第二国际在妇女工会中活动。欧战时因加入"孟什维克"国际，由巴黎放逐出来，逃至美国，在那里她仍然继续干国际运动的工作。

一九一七年十月革命爆发的时候，她马上奔回俄国，加入"布尔什维克"，被举为列宁格勒的执行委员。七月事件发生，她为克伦斯基政府所捕，但在第六次党大会的时候她便被选为中央委员。

---

[1] 即苏黎世大学，虽在德语区，但属瑞士。——编者

一九一七年十一月至一九一八年三月间她被选为社会人民委员会委员，一九一九年她在 Crimea[1] 与 Ukraine[2] 间继续运动。一九二三年至一九二六年为苏联驻挪威公使，开世界女公使的新纪元，随后调任为驻墨西哥公使，对于苏墨邦交颇多贡献。一九二七年因病辞墨国公使职，但不久又被任为驻挪公使。她不独是一位妇女解放运动的最前线的战士，而且是有名的女政治家、著述家和文艺家。在本书中我们就可以发现她的文艺素养和她对于两性问题的见解。

译者
一九二九年三月二十七日

---

[1] 即克里米亚。——编者
[2] 即乌克兰。——编者

原序

这部小说不是所谓"道德律"的研究，也不是苏俄的生活基准体型之描写。这书不过是欧战后人类社会之两性关系的一种心理的研究。

我以我的祖国——俄国的事物为背景，以俄国的人物为主人翁。那理由就是因为我相信我自己比他人较明了他们的生活、比他人更能如实地描写他们的生活、他们的性格。

因为这部小说里提出了许多问题，所以绝对不能用苏俄特有的事物，而要用全世界任何国家都有的事象。这些无言的心理剧是战后所生的两性关系的变化，这种进化——特别是妇女心理的变化——是欧洲任何青年都懂得的。

我们是拿恋爱关系上的行为基础去判断一个人的价值吗？不。一般地说起来，在不超越比较通融自在的一定范围内，人们的两性生活是人们自己的"私事"。所以一个人的真价，不能拿那个人的家庭道德上的行为作标准，而要拿他的工作、他的才能、他的意志和他在国家社会上的有用性来决定。

从前社会上的大部分女子对国家社会都不觉得有什么义务，她们的一切行动都完全局限于家庭的范围内，就是文明国家，对于妇女们也不要求性生活、家庭生活上的"善良的道德律"以外的什么东西。可是现在，世界各国的成年妇女的半数都和男子一样驰骋于艰苦的斗争中了。社会也向妇女提出了新的要求。

在现在，让妇女要有做一位社会人的义务的技俩比她的家庭道德上的"善良"与"洁白"更重要。家庭生活也已不是今日的妇女们活动的唯一的场所了。而妇女们的家庭的义务常常会和她们的家外工作或她们的社会事务相冲突。在这样的状态之下，批判妇女的价值的方法当然和她们的祖父母的时代不同。

在今日的社会中，妇女们纵使"完成"了资产阶级的家庭道德的通有标准也不能得到各方的"尊重"，也不能得到社会的"赞赏"或国家的"尊敬"。那样的妇女恐怕已或"过去"了。

反之，如果一个妇女虽然不顾资产阶级的通有的性道德或"不贞"，可是，假使她在政治、艺术或科学方面有杰出的表现，人们便都交相称誉。

因此，在这里有两个女性，一位困在"善良的道德"家中。一位活跃于社会。一位是对于人类没有什么贡献的，一位是不顾"家庭道德"而很能干的社会人，那我们当然不难选择其中的那一位。

我们人类两性生活的标准实在是随着时代不断地变化，绝不是永恒不变的。不过，在人类的历史中，道德律的进化时常是很急速的，只有人类的生活都停滞着的时候它的进化才比较迟缓。

近半世纪以前，法国文豪仲马（大仲马的儿子）曾说离婚的妇女便是"堕落"，可是，在现在的法国，已经大大研究那非正式结婚的妇女和正式结婚的妇女们在法律上有平等的各种权利了。因此在我们的思想方式或性道德的判断中，旧式资产阶级的伪善已经渐次消灭了。

我把这书公之于世，我希望这书的刊行在道德的审断上能够补助对旧式资产阶级的伪善的斗争；同时，希望这书能够鼓动社会一般人士不赞扬妇女的"善良的道德"而诚挚地尊敬那些为她们的阶级，为她们的国家，为全人类而尽她们的义务的妇女们。

著者于墨西哥市
一九二七年三月三十日

亚历山德拉·米哈伊洛夫娜·柯伦泰

目 录

恋爱

一

　　华西利莎·德孟查维娜是廿八岁的编织女工。她是一位在都市生长身体苗条、血色很坏的女性。她患肠窒扶斯[1]的时候，把头发剪断了，头发蜷缩着。看起来好像男子，胸扁平，腰上时常都穿着薄薄的上衣，束着腰带。

　　虽不能说是美人，可是她有那鸢色的、耐人寻味的、使人深深注意的美丽的眼睛，她那深得可怕的眼睛，一定是同情于他人的悲

[1] 即"肠チフス"，伤寒的日文译名。——编者

哀的。

　　华西利莎是共产党员。欧战[1]开始的时候，她是"布尔什维克"党员。她一向都嫌恶战争。就在华西利莎所住的工场里，她也是这样向着战线上的士兵们宣传。人们因为俄罗斯的捷报虽延长工作时间也可以，但华西利莎却反对。她想，战争不过是流血的惨剧，不是吗？战争究竟能够发生什么好事呢？战争不是只加痛苦于人民吗？把这些可怜的青年们和羊群一样带到屠场去，人们也许会觉得可怜吧？华西利莎每次碰见出发去前线的庄严的武装军队，便非绕道避开不可。他们虽去送死，却还大声地唱着军歌，和什么大纪念日似的愉快地唱着军歌。他们究竟为什么会这样呢？"我们不去送死！""我们也不去屠杀他人！"这些话他们许不会拒绝吧。假使是这样，也许可以不会有战争这种事。华西利莎这样想。

　　华西利莎会读书会写字。这是由做排字工的她的父亲教她的。她很喜欢读托尔斯泰的著作。

　　在工场里，华西利莎是唯一的平和主义者。因此，她会被解雇，那是当然的运命，但在现在需才孔殷的时候，工场监督心里虽不高兴她，也不能解雇她。

　　不久，反对战争的"托尔斯泰主义"者华西利莎的名字已传遍她所住的附近了。不管祖国的事，缺乏爱国心的女性华西利莎，连当地的妇女们都不和她说话。她陷于失意的深渊中！

　　关于华西利莎的这种传说，给当地的"布尔什维克"党的组织员听见了。他便和华西利莎接近，和她交换意见。他马上晓得华西

[1] 即第一次世界大战。——编者

利莎是一位很有用的人才，且能认识她自身的立场，在将来党的工作上是很有用的人物。所以，华西利莎便入党，虽然不是马上加入的。她和党员们论争，提出种种问题，有时竟愤慨地走开。但是，熟虑的结果，她说，"让大家一块儿干吧"，她便入党了。

在革命中，华西利莎干组织运动方面的工作，做劳动评议会的委员。她很赞成"布尔什维克"，尤其尊敬彻底反对战争的列宁。

和"孟什维克"党员或社会革命党员讨论时，她很热心，大逞其流畅的雄辩。别的女子们或女工们都很钦佩她，华西利莎以为有发言的必要时，她便很勇敢地发言。而她所说的都是很明了、很扼要的。

华西利莎因此很得她的同僚们的尊敬。在克伦斯基[1]时代，她是市会议员的候选人。编织工场的女工们对此都夸耀华西利莎是她们自己的代表。她们遵守华西利莎的话，好像遵守法律一样。她和同志们说话时很温柔，但遇必要时，她也加以叱责，她晓得怎样去指导女工们。华西利莎从小便在工场里工作，所以她知道女工们的痛苦，维护她们的利益。

有些同志非难华西利莎说，"为什么一定要顾虑女工们的事呢？现在，我们还没有工夫来顾虑女工们。我们还有许多更重大的问题"。这时，她一定面红耳赤地愤怒起来，斥骂那对手的同志们，且和书记论争。怎样她也不愿意屈服自己的主张，她很简要地说，"为什么妇女问题就不是重要的问题呢？这样想的人都是有从来的

---

[1] 俄罗斯社会革命党人。1917年俄国二月革命以后，任李沃夫临时政府司法和军事部长，后出任总理。拒绝让俄国退出第一次世界大战，国内经济又陷入困境。十月革命中其政府被布尔什维克推翻。——编者

劣习惯的人，说妇女永远是时代落伍的！可是，我们没有妇女，革命便不能完成。其实，妇女自身，便是问题的一切。男子应该实行妇女所考虑的事、妇女所暗示的事。所以，假使大家能够把妇女都变成我们的同志，那么，革命事业便已完成一半"。

直至一九一八年，华西利莎完全为革命的斗士而战。她很清楚什么是自己的目标，反对一切妥协的行为。同志们中，经过相当的时日后，有的半途而废了，有的或作或辍，有的已结婚成家管理家政去了，唯有华西利莎却还继续斗争。她不断地继续斗争，不断地计划一切，永远不忘记她自己所主张的主要点。

她实在不晓得什么是疲倦。为什么她有那样的精力呢？她的身体并不怎样健康，她的面上也并没有很好的血色，不过她的眼睛却很有精神。她的眼睛富于理智和同情，有能使人注意的特长。

华西利莎接到期待了很久的她的爱人，她的同志，她所恋慕的男子寄给她的信。两人已经分离几个月了。他们这种离别是不能避免的。起初是内乱，接着又是"经济战"的时代。全体党员都要动员，革命不是游戏，而是要忍痛牺牲个人一切。华西利莎也是愿为革命而牺牲她自己的一切的人。在这时期中，她几乎完全和她的爱人远离。他们不能不分住在一国的两极。

华西利莎的朋友们安慰她说："这样生活下去，结果或许还更好。你们永远不会厌倦，永远恋爱着。不是吗？"不用说，这些朋友们所说的话，许是对的。但他不住在一块时华西利莎实在觉得很难过。

现在，不用说，华西利莎，几乎完全没有她自己自由的时间。

从朝至夜，早起晚睡，整天东跑西走，她要做很多党和苏维埃的工作。那些工作都是很重要、很紧急而且很有兴致的。

但她做完工作，回到她的小房里以后，她便心焦焦地怀念她的恋人了。她的心时常都觉得冰冷。她喝着茶坐下去沉思着。在她的心里究竟有谁存在着呢？终日和同志们工作，好像没有一位知心的朋友。她不是没有目标似的盲进吗？就是有，究竟又有什么用呢？谁要那个目标呢？人类究竟是什么？民众一点也不了解，直至现在也还把那应做的工作弄得乱七八糟，一点基础也没有，还在那里互相谩骂，互相挖苦。一切人都为他们自己而工作。他们一点也不懂得应为社会而生活！

刚才，华西利莎为了她的食料分配券的事，还挨了别人的臭骂。谁要那东西！她突然放下那食券，由同志们的调解才算解决了问题。

现在，她坐了下去，浑身都没有力气似的觉得头晕目眩。她靠着桌子喝茶，把剩下的冰糖放到嘴里去，她反反复复地想她今天所受的屈辱。那么，革命对于她有什么呢？什么好结果，什么好处也没有！革命不是只有失败，只有苦恼，只有斗争吗？

假使爱人在这里——那么，华西利莎可以和他诉说这些烦恼，放下这心里的重担。而他或会很温柔地拥抱她，安慰她。

"华西亚，你为什么这样颓丧呢？你本来并不怕谁，并不屈服于谁，且什么你都看得很清楚的，难道你有什么看不过眼的吗？你看你的面孔，头发竖起来，下巴鼓起来，好像檐前的麻雀一样！"

而那很有力气的他，又把华西利莎小孩似的抱起来，唱着儿歌，在房中走来走去。两人都大笑起来，华西利莎也高兴起来了。

真的，华西利莎是怎样的恋慕着她的爱人，她的同志，她那优雅而漂亮的他哟！

华西利莎想起了她的爱人的事更觉难堪。那屋角落里的她的房子，她觉得是怎样地煞风景，怎样地无聊，怎样地冷寂哟！她叹了一口气。

把茶具拿开，她叱骂起她自己来了。你究竟希望着什么呢？你期待着什么人生的快乐呢？你不是很喜欢你自己的工作吗？你不是很受同志们的尊敬吗？而且你不是还有恋人吗？那么，华西利莎·德孟查维娜，你还有什么不满足的呢？革命不是什么享乐的节日啊！一切人都应该觉悟牺牲他们自己的一切。"一切都是为社会的幸福，一切都是为革命的胜利！"

华西利莎终于把冬天这样挨过去，春又访问到人间了。太阳明亮地照耀着，云雀在檐前歌唱。

一天早上，华西利莎看见那歌唱着的云雀，想起她的爱人曾叫她"婉转的云雀"，她微笑了。春的来临，把万物都唤醒了。华西利莎日渐忧郁，怯生生地干她的事务。她本来血色不大好，这更勾起了她心头的病苦！

华西利莎完全独立地为党为苏维埃的事务经营她自己所喜欢经营的公共住宅。她对这种工作最有兴趣。以新时代的精神经营模范公共住宅是她年来的希望。她的计划是要人人都能够自由地生活，这种住宅的生活方式和常常口角、喧哗、永远充满着不满、大家都只顾自己而不顾公共利益的以前的住宅生活方式完全不同。华西利莎想渐渐变更以前的那些志向。她忍耐着忍耐着几乎是秘密地进行她所计划的住宅。

但是，想实现这种住宅，就要她费很大的苦心和克服一切困难奋斗。从开始至今，这种住宅，曾两次从她的手里被夺了去。她为了这住宅不知费了多少唇舌，争论与此有关系的种种问题，她才得经营公共住宅，经营她的理想的住宅。公共厨房、洗濯场、儿童住宅和她最得意的有窗帷的窗子、摆有盆景的饭厅、和俱乐部一样堂皇的图书馆，这些都是她苦心经营的结晶。

起初，一切都非常顺利。在这住宅中居住的女邻居们都抱着华西利莎接吻，恭维她说："啊！可爱的我们的安琪儿华西亚姑娘！你什么都替我们安排好了，我们要拿什么东西来酬答你呢？"

可是，不久便混乱起来了。最初是不守住宅的规则。想使住在那里的女邻居们保持清洁几乎是不可能的事。妇女们在厨房中因弄翻了盘子里的油面包在那里争吵；在洗濯场里倒翻了桶，弄得满屋都是污水潭。

而华西利莎是住宅的"主妇"，一切失败、一切争吵、一切骚动，都好像华西利莎的过失似的，人们跑到她那里来，埋怨她。

因此，她便不得不设定惩罚的规则。可是同居的人们对此都很愤慨，有些竟说要搬出去。

这样的事继续着，弄得一团糟，日日争吵，日日驳论。在这住宅里还有讨厌的费托莎埃夫夫妇，常常噜噜苏苏地说些不服的话。这对夫妇时常说些糊里糊涂的话，究竟为了什么，连他们自己也不晓得。他们不知所谓满足。不仅他们自己这样，而且煽动别人。他们以他们夫妇开始就住在这住宅中为理由，好像这个住宅就是他们自己的似的。这对夫妇究竟喜欢什么，憎恶什么呢，华西利莎完全不明白。总之他们夫妇天天都在骚扰，华西利莎非常痛苦。

华西利莎非常痛苦时常偷弹眼泪，好像她的计划完全失败了一样。不久，国内又新颁布了现金支付的制度。自来水、电灯、税金及其他纳款均要用现金。因此，华西利莎乃陷在四面环攻之中。一切都完了！新设的兑换率，没有现金，便什么都没有。华西利莎好像奴隶似的工作着。在这时候，如果她放弃了这公共住宅的经营，还要好一点。但是，这是违反她的原意的。华西利莎有这种脾气，就是她着手做了的事，非到彻底做成功不肯放手的。

华西利莎跑到莫斯科去。天天在各机关奔走，找最高官吏。华西利莎的公共住宅的报告书和经济状态均甚得官方的赞许，准她再有经营那公共住宅的经营权。政府不惜拨付公共住宅的修理费，援助华西利莎的事业。但是，虽是这样，她的住宅此后已非谋自立的方法不可了。

华西利莎的勇气百倍地归来，但费托莎埃夫夫妇对她却仍然表示不满。那夫妇们对于依照华西利莎的意见所经营的住宅，摆出一副很难看的不高兴的面孔。

不久，又新发生了麻烦的事。那是有些流言，说华西利莎对于住宅的经济有点糊涂，意图中饱。

因这种事件的发生，她更觉得她的爱人不在一块实很难堪。现在的华西利莎实在需要一位亲爱的伴侣。因此，她写一封信给她的爱人，叫他到她那里来。

可是因为责任非常重大的缘故，她的爱人不能来。他负有整理以前雇用他的公司的事业和计划并进行改造的重大责任。他的事务非常繁重，因此，整个冬天他都没有半点空暇。现在，他完全不能放弃他的工作，因为一切都要由他一人负责。

因此，华西利莎虽然怎样痛苦，也只得提起勇气来一个人干去。她尝到这无穷的人生的痛苦了。她想这无穷的人生的痛苦，究竟谁给她的呢？不是都是她的同胞，都是她的同志，都是劳动者吗?！这是使她最痛苦的。何况资产阶级的社会！

公共住宅，决意将费托莎埃夫夫妇赶出去，可是，这次他们两人却跑到华西利莎那里来，向她请罪。说他们是永远尊敬华西利莎，永远听从她的指示的。华西利莎虽然把这讨厌的夫妇申斥了一顿，可是她并不喜欢这种胜利。她已身心交瘁，连气力也没有，连高兴这种胜利的精神也没有了！她病了。

幸而她的病并不利害，不久，她又恢复了健康，可以工作了。她的心里的火焰已经消失了。她没有以前那样喜欢经营公共住宅了。她好像受了她幼年时曾受过的屈辱一样。

幼年时，她也曾受过这次一样的屈辱。有一次，她的哥哥柯利加拿了一些糖果给她，她正要伸出手去拿的时候，柯利加却笑着说：

"我马上给你，请等一会儿吧！"他说了这话便唾些口水到那糖果上去。

"你不是要吃糖果吗？华西利莎，这是很干净的哟！"

柯利加这样说，华西利莎却哭了。

"龌龊的东西！坏蛋！不要脸的！为什么要弄脏我的糖果呢？"

对于她的公共住宅的工作，华西利莎觉得好像和这次所受的屈辱一样。实际上，对一切都已经没有兴致了。虽然还是由她经营，可是她的心早已不在那事业上面了。最好是早些脱离这种工作！她和她同住的人们已经没有好感了。他们不是都在反对她吗？他们不是都和费托莎埃夫一鼻孔出气吗？究竟为什么呢？

她对她周围的人已经失了兴趣了。从前，华西利莎是非常热心，关心这些人，同情这些人，照顾这些人的，可是现在，她唯一的希望却是脱离这些人。她想，请你们不要再来烦扰我吧，我已经疲乏极了！

二

春之神已经不晓得在什么时候飘到那很高的屋根下的华西利莎的房子的窗前了。和暖的春天的太阳，放射出她的光辉。在那明朗的苍空，荡漾着羊毛似的软绵绵的薄云。

华西利莎住宅的邻居，从前是一位绅士的府邸，现在却拿来做"母亲会"了。那里有一座小小的庭园，现在，那庭园里的花木也已发芽，欣欣向荣了。北国的春天是比较迟的。可是，这久待着的，久待着的春天也终于到来了！

像今天这样的天气，连华西利莎的心里也充满着春的气息。一个很长很长的冬天都过着孤寂生活的她的心，结着冰似的非常凄冷，无数的争吵、苦恼和忧郁连绵不断地使她很痛苦。但是，今天不知为了什么，她的心好像庆祝什么大纪念似的充满着喜悦。那是因为她接到了乌奥洛查亚——她的爱人给她的信。那是一封怎样的信呢？那是她许久没有接到的她的爱人给她的信。

华西亚哟！

你不要再难为我了吧。我已经再也不能忍耐了！你不是和我说过几次要到我这里来玩吗？为什么你总是使我失望，使我伤心呢？你真是无法想象的狂妇哩！为什么又和大家吵闹起来了呢？那事，连这里的同志们都晓得了，报纸上也有登载。但是，你已胜利地将问题解决了，为什么还不到我这里来呢？我是怎样地盼望着你的来临！你真是无法想象的狂妇啊！现在，我们可以过正常的生活了。我不仅有了一匹马和牛，且还有一部汽车，我们可以随时乘坐了。我这里雇有用人，你如来，一切家事你都可以不用管，可以充分休养了。这里已是春天，林檎花已经盛开了，唉，可爱的华西亚，我的天使哟，让我们一块儿度过这可爱的春天吧。愿我们的生活也和春天一样。

现在，我非见见你不可。我又和这里的党部发生纠缠了。他们一定要和我纷争。他们永远不会忘记我月前曾做过无政府主义者。关于这个问题，我曾通知你，是为了沙威利埃夫而发生的事。如你不来替我解决这个问题，我实在困难极了。我对于那些喜欢管他人的闲事的他们，已经厌倦到连叹气的空闲也没有了！他们随时都对我吹毛求疵。我只忠于我自己的义务。无论如何，我希望你马上到这里来。我遥吻着你的鸢色的眼睛。

你的永久的爱人
乌奥洛查亚

华西利莎坐在窗旁，无意地看着苍空中飘荡着的浮云，沉思着。她微笑了。这是一封怎样可爱的信哟！乌奥洛查亚爱她而且热爱她。

啊，她又是怎样地爱乌奥洛查亚呢？华西利莎把那封信放在膝头上，抚摩着，好像抚摩她的爱人的头一样。在她的眼睛里已不见苍空，也不见白云，也不见屋顶。她只看见漂亮的乌奥洛查亚的姿态和他的活动的光辉的眼睛。

真的，华西利莎的心里觉得非常难过，她只是怀念着乌奥洛查亚。现在想起来，她和乌奥洛查亚分离的那很长很长的冬天真觉得不可思议。他们已经有七个月没有见面了。有时，她竟好像忘记了乌奥洛查亚，并不爱他一样。她没有想恋慕她的恋人的时间。在这个冬天中不晓得有多少难办的讨厌事！

她所经营的公共住宅幸得平安地渡过去了。但华西利莎却不能不和胡闹的、不理解的、无教养的人们争吵。她爱乌奥洛查亚是从她内心的深处爱的，直至现在她也还是从她的内心深处爱她的恋人，丝毫没有改变。现在想起这样的事来，在乌奥洛查亚也许是不可思议的，但她并不觉得怎样。

这个恋爱，在她是"快乐的重担"！真的，她时常觉得那种"重"。这大概是因为她永远挂念着乌奥洛查亚的事的缘故。她永远希望着，愿乌奥洛查亚不要发生什么事变。华西利莎知道，乌奥洛查亚有一种不守党规的脾气，党员们非难他并不是没有理由的。党员们非难他是无政府主义者。有时他不听党的指挥，自由行动。但是，他那勤奋的实际工作可以补偿那些缺憾且有余。

她和乌奥洛查亚同住在一块儿的时候，她的注意恐怕会被引到他那方面去，妨碍她的工作。因这种关系，所以华西利莎和乌奥洛查亚便分开来住，开始现在的生活，以免妨碍相互的工作，她才可以把全身心都贯注在工作中。

"我们先工作，后恋爱。华西亚，不是吗?"

华西利莎也很赞同乌奥洛查亚的这些话。他们不仅是恋人，而且是工作上的同志。乌奥洛查亚现在公开了他的痛苦，请求他的同志华西利莎加以援助。那究竟是什么问题呢? 华西利莎再拿起那封信来看。

她反复地读来读去，眼前好像罩了一层云雾似的，什么也看不清楚了。假使这事是因沙威里埃夫的事而发生的，那一定是很麻烦的。沙威里埃夫是一个投机的商贾，心术很坏的男子。为什么乌奥洛查亚要和这样的男子来往呢? 像乌奥洛查亚负有经营事业这样重大的责任的人，应该和圣人似的洁白，和不良之徒断绝关系才是。乌奥洛查亚平生都太信任别人了。这次，他恐怕又是因为哀怜沙威里埃夫而为他辩护吧。像那样盗取人民的财产的人实在不值得怜悯。他们那样的人，简直是自作自受。

乌奥洛查亚虽然是一位很好的男子，可是其他党员不能了解他的心理，所以用别种意味解释乌奥洛查亚和沙威里埃夫的关系。乌奥洛查亚是一位很热情的男子，因为他太好舌辩了，所以树了很多敌人。如和三年前一样什么事都没有，也没有反对他的运动，那好极了，但是想破坏一个人的声誉，并不是很难的事，想加人以嫌疑也是谁都办得到的。根据她自己的经验，她便知道。在那漫长的冬季，华西利莎四周所遇的试练，现在，乌奥洛查亚也同样地遇着了。

是的，她要快点回去援助她的爱人。她要为他辩护，使同志们晓得他们的不是。还犹豫什么呢? 快点儿去吧!

但是公共住宅呢？不，她已不再提起那事了。住宅已经没有法子挽回了，一切都已陷入破灭的深渊。就是照华西利莎的计划实现了，也只是真正战胜了费托莎埃夫夫妇罢了。已经没有补救的方法了。

她这样想着，叹了一口气，从窗口望到住宅的庭园去。这好像是她对住宅作别的最后一瞥。那时，华西利莎沉郁的面上似乎也有点惜别的情调。

那时，她的心里似乎在说："啊！不久便可以和他相会了！"她的双颊绯红起来，心里充满着喜悦的狂跳。"亲爱的爱人哟！乌奥洛查亚哟！我马上就要到你的身边了！"她喜欢极了。

华西利莎坐在椅子上，昏昏地睡了一会儿。那是旅途中的第二日，还要再乘二十四点钟的火车。

她这次旅行和平常的旅行不一样。在这次的旅行中，她完全好像一位富家姑娘，准备了一切快乐的设备。乌奥洛查亚已经送了旅费给她，什么都要用现金了，而且他还劝华西利莎乘寝台车以便迎接。

乌奥洛查亚又给他的爱人送些衣料去。照他的话看起来，做一位经理先生的太太是要有相当的姿态的。经理乌拉奇美尔·伊华诺委奇叫一位同志送一封现金和一份衣料来时，她不禁失笑出来了。那位同志，真像一位商人，竭力赞赏那衣料的品质精良。华西利莎觉得很可笑地笑了出来。但那位同志却说，那并不是赘话，他不高兴华西利莎那种嬉笑的态度。他反复地说，那衣料的质地的确是上等的。因此，华西利莎不再嬉笑了。她觉得这位同志——经济主义者——是很难理解的人。

她把那衣料翻来覆去地看了很久。直至现在，她几乎没有想到衣料的事，但如果乌奥洛查亚以为他的同伴应该体面一点，那她也可以顺从他的意思，做一套女人们所穿的时装。

打定了主意，华西利莎便去找她的朋友裁缝工格尔西亚，将这些事告诉她，请她做衣服。

"唉，格尔西亚姑娘，请你给我做一套流行的漂亮的时装吧！"

格尔西亚拿出她的同事去年秋天从莫斯科带回来的时装杂志内的各种时装给她看。她说那些是多季最入时的服装。

"哎呀！好时髦啊！格尔西亚姑娘！请你给我拣一种吧！我是一点儿也不晓得服式的。只要干爽完整我便满意了，至于款式，我是一点的都不懂。"

格尔西亚指头蘸了一点儿口水，把那本旧杂志翻来翻去，才发现一种满意的样式。

"这种！我想这种最合你的身材。你不是瘦一点儿吗，所以要宽一点儿才好看。我想这是最合你的身材的。这种款式，两边微宽，前面有些扎褶，那就看不出你的瘦小了。你穿上了我做的这件衣服，我想，你的爱人会更爱你哩！"

"谢谢，请你就这么办吧。"

说好了价钱，她们互相接吻后，华西利莎便飘飘然地回去。她自己不会做衣裳，她想，有裁缝铺实在很便利。乌奥洛查亚是一位鉴赏女装的能手，因为他从前在美国的时候，曾在妇女时装店里做过店员。现在，这种智识对他也有相当的用处，因为妇女衣裳也是商品之一，红色商人也应该有一点关于女装的知识。

华西利莎独自坐在寝台车厢中的窗前。和她同厢的是一位穿着漂亮的绫绸衣服，搽着很香的香水，带着耳环的 NAP（新经济政策[1]颁行后的暴发户）女，她现在已到邻室去在和她的"骑士"们高声说话了。

这位女人努着嘴唇很冷淡地对华西利莎说：

"哎哟！对不起，你！你已坐着我的围巾，把它弄皱了。"又说："唉，你！我要穿晚装了，请你暂时出廊下去站一会儿可以吧？"这位 NAP 女自己一个人占据了那个车厢，觉得华西利莎很可怜似的。华西利莎实在讨厌那女人叫她"唉，你！"起初她想和NAP 女理论，但后来她又忍着不说了。华西利莎只得这样想，管她吧，不要理这娼妇好了。

天色渐渐暗下来了。青灰的暗影笼罩了初春的嫩绿的平原，那面的一带森林，忽紫忽黑地在它上面射出夕阳的红光。老鸦离了大地飞翔于高空。在电杆和电杆之间，电线或高或低地飘过车窗。

随着天色的阴暗，华西利莎的心，不知是在挂虑还是在恋慕。那绝不是悲哀，而是在恋慕。她准备旅行以前，一切事务都已经先解决了。但在她要启程的时候，她的邻居们，却都对她恋恋不舍。他们觉得此后不能再见到她了。

就是费托莎埃夫的太太也跑到华西利莎那里来，抱着她，流着泪，很可怜似的求她宽恕。华西利莎并不含恨费托莎埃夫的太太，

---

[1] 苏联于 1921—1927 年实行的向社会主义过渡的经济政策，以征收粮食税代替余粮收集制，并允许私商自由贸易，允许外资企业管理国家暂时无力经营的企业。后来因斯大林上台而被逐步取消。——编者

她心里只不很尊敬费托莎埃夫的太太那样的女人吧。

华西利莎的同志们都送她到车站去。公共住宅里的孩子们都把他们自己做的花儿赠给她。这时，华西利莎才觉得她的努力不是完全空虚的。既然播了种，结果一定会有的。

火车离开车站了，华西利莎簌簌地流着眼泪。送行的朋友们都挥着帽子股股惜别。这时，她才觉得那些送别的人们的可爱。就这样恋恋地别去。

她所住的市镇，渐渐消失在火车的后面了，竟走似的，经过了远远近近的森林，经过了郊外的市区。华西利莎把她经营的公共住宅、冬天的悲哀和喜悦这一切都完全忘记了，她的心比火车行得更快，早已飞到她所热爱的乌奥洛查亚那里去了。

可是，为什么华西利莎现在会这样哀愁呢？她心里深深恋慕着的究竟是什么呢？这或许已和冰冷的魔风吹过她的心一样吧。她究竟哀慕着什么呢？

这许是和她的心血的结晶，公共住宅，同葬在过去的大海中的，她的生命的片段吧。是的，那些已和日近黄昏的饴色的春天的暮霭笼罩着的原野一样葬送在过去的大海中，永不再来了。

和她的理性不同的感情，很明白地预知那会到来的事件了。再过两晚，她便可以会见乌奥洛查亚，可以拥抱乌奥洛查亚了。她感觉到乌奥洛查亚的热吻。强有力的臂腕和他那优丽的声音好像还萦绕在耳边。

甜蜜的倦怠包围了华西利莎的全身，她微笑了。假使 NAP 女不在那里——她正在对镜梳妆——华西利莎便要像小鸟似的，高声唱出她心中喜悦的春曲了。

18

NAP 女很粗野地打开车厢走出去了。这粗野的女人！华西利莎静静地闭着眼睛，心里描绘着她的爱人乌奥洛查亚。在她的心梦里，一幕一幕地开演她和她的爱人拍奏的恋爱的故事。真的，他们的恋爱已经五年了。华西利莎几乎不能相信这五年的长时间，好像昨天才初会面一样。

她缩着脚，蹲在车厢的一隅，闭着眼睛冥想。火车的走动把她的全身都松弛了，但是华西利莎的心却越急激地向前进。

回忆的序幕，究竟是什么呢？是最初的会面吧？

的确，不知是在十月革命前的什么大会，那时，空气很不好，"布尔什维克"党员还很少，他们不知要怎么办才好！"孟什维克"正握着政权，那讨厌的社会革命党员也分了一杯羹。"布尔什维克"四面八方都受攻击。大家都说"布尔什维克"是"德国的间谍"是"卖国贼"，不惜用暴力对付他们。但是，"布尔什维克"的集团，却仍日益增加。老实说，当时就是他们自身也不晓得究竟要怎么办才好。不过，他们却晓得一定要先停息战争，保持和平，将一切"帝国主义者""卖国贼"从苏维埃驱逐出去。这是正确的，所以他们继续斗争，顽强地、热烈地、毫不妥协地本着充分的确信继续斗争。全体党员都沉默地在他们的眉宇之间表现他们各自的决心。在他们的眼睛里都在说着："我们宁死不妥协！"党员哪里能够想到自己的私事！那时，有谁能够顾得到他们个人的私事呢？

在追忆着当事的华西利莎的眼中，只看见团体，而看不见个人。当时，社会革命党和"孟什维克"的机关报纸都登载完全不根据事实捏造出来中伤她的新闻。可是，他们要骂，让他们去骂好了，他们除了骂也就再没有什么伎俩了。民众们无论如何也不会相信这一切新闻记事。民众们只晓得"布尔什维克"方面是对的。

"咳！你不顾到你可怜的母亲吗？你和'布尔什维克'一块做事，那是全家的耻辱！那是卖国的勾当！"

母亲涕泣着这样说。为避免听这些家庭的苦谏，华西利莎到别的同志家里和他们一块住。她不能同情她的母亲的眼泪，她好像和别人特别有缘。她很明显地认定那唯一的目标——"布尔什维克"的胜利。好像有什么特别的力催促着她，使她不能停步，而那个力虽然好像会把华西利莎推落悬崖，她也仍然努力突进，努力苦斗——继续不断地苦斗。

论争日益激烈，空气日益险恶，暴风雨已经是不可避免的了。从彼得堡传来了情报，接着是大会的决议、杜洛茨基[1]的演说、彼得堡苏维埃的布告。

华西利莎们开会了，赴会的人非常多，连会场的走廊都挤得水泄不通了。参加的群众，有些爬上窗棂，有些坐在会场内的通路，挤到一点空地都没有。究竟是什么意义的大会呢？华西利莎一点儿也想不出来。当时，到处都选出"布尔什维克"党员为议长，委员会也由"布尔什维克"党员和社会革命党的左翼组织而成。在那些委员中无所属的无政府主义者——普通在街上叫作"美国人"的乌拉奇美尔·伊华诺委奇也在内。

华西利莎这时才初见乌奥洛查亚。不用说以前她已经听过他的名字了。有些很钦服乌拉奇美尔的说："他才是一位真正的堂堂男子。乌拉奇美尔才是能使人听服的人。"可是有些非难他的人们却

---

[1] 通常译作"托洛茨基"。——编者

说他"吹牛皮"。不过，有焙面包工会和店员工会拥护他却是真的。因此，大家都很注意他。"布尔什维克"党员在乌拉奇美尔反对"孟什维克"党的时候很喜欢他，但在他反对他们自己的时候却很愤慨。他究竟希望着什么呢？大家都很难预测。

党的秘书再也不能忍耐乌拉奇美尔的态度了，他说："这小子已经发狂了。还是和这东西脱离关系吧！"但在街上最得人们尊敬的斯达般·阿尔基莎委奇却抚着他的灰色的长髯笑着说："嗯，嗯，请再忍耐一会儿吧。他马上便可以变成很好的'布尔什维克'党员。那个男子是一位很好的战士。嗯，让他把那美国式的脾气改干净就好了。"

以前，华西利莎并不是没有听过乌拉奇美尔的事，不过，她对于那个名字不很注意罢了。在世间，有许多有时出现有时消失注意不到的人们，要一个一个记起来实在是办不到的。

开大会的时候，华西利莎不知怎的稍微迟到，赶得气喘得很利害。在那市区的大广场上已经开会，开始演说了。

华西利莎是一位演说家。大家都很喜欢听她的演说。她是一位女子，又是一位女工，所以她的演说到处都博得听众的欢迎。华西利莎用客观的说话方法，所以她的演说不会太多，也不会太少，非常中肯。她深得简截明了的演说方法。因此各方面都要求她去演说，使她忙到几乎应接不暇。

华西利莎参加那天的大会，赶快跑到演讲台上去，她的演说，不用说已经列入秩序单内了。一位叫作犹洛奇金的同志——这同志，后来葬身沙场了！——拉着她的衫袖说：

"我们胜利了啊！选举议长，'布尔什维克'胜利了。那些委员是一位社会革命党的左翼和那个'美国人'。那小子几乎是'布尔什维克'了。现在，要马上说些话才好。"

华西利莎望望那位"美国人"，吃了一惊！这就是无政府主义者吗?！不是完全像一位绅士吗？他是一位佩着硬领，结着很好的领带，分着很漂亮的头发，一表仪容，睫毛很长的男子。

轮到"美国人"演说了。他走进演坛时，先理一理嗓子，用手托着嘴。这是什么绅士的样子！——华西利莎不禁笑了出来。

那"美国人"的声音实在很嘹亮，很能引人注意。他的演说很长，有时又夹杂些滑稽的说话进去，使听众都发笑，连华西利莎也一齐笑了出来。这位无政府主义者实在是一位很厉害的男子。华西利莎和听众都一齐喝彩。演说完后，他回到演说者席时无意碰了华西利莎一下。他马上回头，很抱歉地对她道歉。华西利莎不觉红了红脸，很不安似的，她惶惑了，可是那位无政府主义者却并不觉得怎样，毫不介意地坐回他的椅子上去，开始吸烟。

主席望着他，指着他手里的香烟说："席中是不许吸烟的。"

虽是这样，可是"美国人"却只把头俯低了一点儿，仍旧继续吸他的烟。

"我是吸烟的人，所以我要吸烟，你们的规则对我是不适用的。"

他这样说了，再吸二三口烟，趁主席忙乱的时候，才抛弃那根香烟。

华西利莎还没有忘记，记得那时的事。后来，她还将那时的事嘲弄他。但是，那时他还没有注意到华西利莎。他注意华西利莎，是在她站到演坛上演说的时候。

　　那天晚上，华西利莎说得很精彩。乌拉奇美尔虽然是在后面的演说者席上，但是华西利莎却觉得满身都受他的注意。她在那天晚上的演说中彻底攻击社会革命党，"孟什维克"党和那时无人注意的无政府主义者们，极力赞赏"布尔什维克"。并指责那个"美国人"，说他有绅士的臭味。

　　华西利莎现在也还记得，在演说中她束着的头发披散下来了。当时她有很长的美发，团团地束在头上。她说得太热情了，梦境似的，发扣掉了下来。头发郁陶地披散在眼前。她时时把它拨到后面去。华西利莎连做梦也没有想到她的头发会魅惑乌奥洛查亚。

　　"华西亚，你演说的时候，我并不很注意。但是你的头发披在肩上时，我已觉得你不是演说家，而是我的天使了，现在我还清楚地记得你那时的姿态。女人！一位有趣的女人！虽然有点儿惶惑，但仍固执你的意志。你指手画脚地在那里非难无政府主义者。可是，怎么样呢？你的头发，好像金纽带似的披在你的背上。华西亚，我认识你便是从那时候起。"

　　在他们恋爱以后，乌拉奇美尔这样追怀着说。但在当时，不用说她什么也不晓得。演说完了以后，华西利莎才理她的头发。犹洛奇金替她拾起那发扣。

　　"谢谢，泰华利西奇。"

　　大家都注视她，华西利莎很不好意思。乌拉奇美尔也好像不大起劲。无疑的他在注意她，而且关心她。不知怎的她有点儿惶惑了，她似乎有点儿怨愤乌拉奇美尔。但是为什么华西利莎会注意这个无政府主义者的事呢？

　　散会了，大家都回去了。这位无政府主义的"美国人"却跑到华西利莎面前来。

"初次见你。"

他说这话以后，他自行介绍他的名字，说他是怎样的人，他们握手，他极力赞赏华西利莎的演说。她又面红起来了。他们这样地谈话，讨论着。华西利莎和乌拉奇美尔各为"布尔什维克"与无政府主义者辩护。他们和会众一块儿挤出门口。那是一个大风雨的晚上。

党部专用的马车在门口等着。乌拉奇美尔说送华西利莎回家。华西利莎答应了，两人同乘在车上。马车中，很暗很狭。他们紧紧地挨坐看。马嗒嗒飞溅着污泥前进。

华西利莎和乌拉奇美尔不再议论了，静静地沉默着。两人都很严肃，但很愉快。

他们说些很小的事件。他们说下雨的事，说明天要在石碱工场开会的事，说党本部总会的事。只是说这些无聊的琐事，但在他们的心里却都充满着愉快。

不久，到了华西利莎的家门了，互相告别。两人虽没有说出来。但两人都有点儿恋恋。

"你的脚不会湿吧？"乌奥洛查亚很关切地说。

"脚？"华西利莎忸怩了一会儿，不知怎的很欢喜。这是他注意她、关怀她的最初的经验。华西利莎露出美丽的白齿笑了一笑。那时乌拉奇美尔真想拥抱她，和她润泽的白齿接吻。

她家的大门开了，门房接华西利莎进去。

"明天在本部再会吧！再会！请不要忘记。开会是正二点。我们不像美国式似的守时间是不行的。"

乌奥洛查亚举起他的呢帽,郑重地点头而别。华西利莎还站在门口,好像还期待着什么似的。

大门关上了。华西利莎一个人站在黑暗的庭中。那喜悦的情怀忽然消失了。她的心里不安起来,感觉恋爱的饥饿。她觉得一切都不惬意,一切都使她悲伤。

她看见了她小时候孤苦伶仃的面影。

三

华西利莎枕着羊毛的披肩坐在车厢里,还没有睡,好像梦幻似的,又好像映画似的回顾着她自己的过去。那一卷一卷、一幕一幕混和着悲哀和喜悦的都是她和乌奥洛查亚的生活片断。那是美妙的回忆。她在回忆的线上虽然有点悲哀,但是仍然觉得喜悦。她伸直她的脚坐起来。列车也好像抚慰她似的,挑动她的心情。

华西利莎的心里,现在还好像看见那属于乌拉奇美尔的工会在嘈杂中开会的情形。焙面包的职工们是很难处理的集团。乌奥洛查亚是主席。只有他才能统率这些劳动者们。起初,大家都很嘈杂,但他终于使他们保守秩序,镇静下来了。从他额头上突起的青筋看起来,就可以晓得他是怎样地努力。他的努力终于成功了。在那时候,他当然不知道华西利莎的到来。她静悄悄地坐在壁边,参加这个会议。

大会议决表示对政府不信任,又议决将工会完全移入工人之手。工会由工人自己直接选举执行委员。将股东、市会议员及其他资产阶级开除,完全拒绝他们的捐款。今后,工会已经不是市的机关，而完全是焙面包的职工和工会雇用的人们掌握的机关了。

不过，"孟什维克"的党员们绝不是任人攻击的。他们已派有侦探到各机关去通报这些事。

散会后，只有执行委员们留在那里。很奇怪，市的最高官宪和"克伦斯基"一鼻孔出气的"孟什维克"的执行官忽然出现在席上。在他们的后面有孟什维克的首领们和社会革命党员等等。乌拉奇美尔觉得他们实在是无聊的恶作剧！

"诸君，现在散会了。只请焙面包革命工会的委员留在这里开会。明天要开关于时事问题的总会，诸君，请回去吧。"

乌拉奇美尔的声音沉毅嘹亮得全场都听见。听众杂沓地站了起来。

"诸君，请等一等，请稍等一等。"

执行官愤怒地大叫。

"执行官！太迟了，已经宣布散会了。不过，你想晓得我们的决议吗？这里就是，请看吧。你来得正好，我们正想派一位代表到你们那里去。在革命时代，非这样不行。由各种民众机关将各种报告呈上政府官吏的时代已经过去了。现在是要官吏自身来民众机关里取得报告的时代了。"

乌拉奇美尔泰然地站在那里，开始整理那些文件，在他那睫毛很长的眼睛里，顽皮地笑着。

"不错！不错！"

群众大叫起来，混合着笑声。执行官要抗辩什么似的，走近乌拉奇美尔的面前，很兴奋地高声地说。乌奥洛查亚坦然自若仍在微笑。他用很明了的声音答复执行官。他的答辩，全场都听见。听众拍掌欢呼地附和着。乌奥洛查亚讥讽似的说，庆祝工会脱离资产阶级而独立，在开独立晚餐会的时候也请执行官列席吧，听众都狂笑起来。

"那美国人是很有趣的人，生来就很会说话。"

执行官不能达到目的，只得垂头丧气地回去。但是仍然用政府的势力威吓他们说：

"有本事就做来看看吧！"

乌拉奇美尔睁着眼睛大叫，全场的群众也一齐叫起来：

"有本事就做来看看吧！试试看！"

执行官和"孟什维克"的同志们，狼狈地从侧门逃回去。

场内还继续开会。委员会一直延期到入夜。大家都没有吃饭。第二天早上再继续开会吧，他们都很疲倦了。

华西利莎和听众一块儿走出门口。那时，忽然看见乌拉奇美尔正站在她的面前，很庄重地微笑着，和其他人们一样，穿着整齐的哔叽洋服。这次华西利莎不觉得他像"绅士"了。现在，才觉得他好像他们的同志。他和"布尔什维克"究竟有什么不同呢？他不是很勇敢吗？不是什么也不怕吗？他不过佩着硬领罢了，但是，遇必要时他不是虽赴汤蹈火也不辞的吗？华西利莎想到这里，忽然愿意将她的身体给乌拉奇美尔的强有力的手腕抱住了，这不单是心里这样想，而且还表现出外面来。她愿意和乌拉奇美尔手牵着手，互相信赖地、愉快地过他们的生活。但是在乌拉奇美尔看起来，她究竟是怎么样的东西呢？华西利莎将她和乌拉奇美尔比一比，深深地叹息了一下。他是一位很有学问的美男子，而且曾到过美国。

和他比起来，她怎么样呢？面貌又不漂亮，学问又不高深，又从没出过一步国门。乌奥洛查亚哪里会注意她这样的人！可是今天，他不是很注意她吗？

华西利莎正翻来覆去地想着，忽然，她的耳边听见乌拉奇美尔的声音。

"达华利西奇·华西利莎！你来得正好！今天几乎把执行官那小子的鼻头都弄崩了。这次他不敢再恶作剧了。担保他不敢再来这里了。只是形式上把我们的决议给他们看了。"

意气轩昂的乌拉奇美尔热心地报告这些消息。华西利莎知道他的意气。他们愉快地高兴地谈笑着。

假使不是乌拉奇美尔的同志来叫他去，他们两人许会站在门槛上继续说着执行官和决议案的事。

"欠陪了。达华利西奇·华西利莎！可惜今天我们要在这里暂别了。"

华西利莎在他话中听出他恋恋的心情。她心里充满着喜悦。她那深深的眼睛仰望着乌拉奇美尔。在华西利莎仰望着他的两只眼瞳中清晰地映照出她的芳心。

乌拉奇美尔凝视着，沉默地透视了她的眼睛。

"达华利西奇·乌拉奇美尔！干吗？走吧！不要叫人家老等，还有很多工作哩！"

他的同事把乌拉奇美尔叫去了。

"走了！"

乌奥洛查亚伸出手来和华西利莎握手后便走了。

那天晚上，谁也不能引起华西利莎的注意，她只梦想着乌奥洛查亚的姿容，不安地在那黑夜的市区中回步。这在她是一种新经验。

那是澄清的寒冬的晚上，群星照耀在苍空。新雪初晴，市街、家屋和树木，一切都披上银白的粉雪的新妆。

华西利莎和乌拉奇美尔正在从会场出来的归途中。"十月革命"已经过去了。一切权力都在苏维埃的掌握中。"孟什维克"已和社会革命党的右翼一样失掉他们的势力了，只有国际主义者们还屹然存在，"布尔什维克"的权力日益扩大。党支配了一切。全体劳动者都拥护着"布尔什维克"。还在反对的只有资产阶级、僧侣和军官们。苏维埃正以全力扫荡他们。革命的浪潮还没有平静，社会的秩序还未恢复常态。市区都由赤卫军戒严，常常发生小小的冲突。但是这种混乱的情形也日益过去了。

华西利莎和乌拉奇美尔在那里说着"布尔什维克"掌握政权时的情形。那时，乌拉奇美尔所指挥的工会的工友都打前锋。他们都是勇敢的斗士。乌拉奇美尔常常以此相夸耀。工会的工友都信任乌拉奇美尔，选他为代表参加苏维埃。

两人紧紧地并排在静悄悄的街道上走来走去。赤卫军的巡哨们有时在街角上诘问口号。乌拉奇美尔便卷起衫袖上的红布给他们看。他戴着一顶毛帽子。乌拉奇美尔曾加入劳动军，出入于枪林弹雨之中，子弹曾穿过他的袖口的边沿。他将那时的伤痕给华西利莎看。在这革命的前后，他们两人虽然有时相见，但互相密谈的机会不用说完全没有，完全没有那种闲工夫。

只有今天晚上，他们才有一块散步密谈的机会。两人都有许多话要说似的，好像久别重逢的故友，心里有许多话要说出来。

可是，他们忽然沉默着不说话了。两人都觉得愈加亲密起来。两人不觉走过了华西利莎的家门。他们走出郊外去了，一直走到那从前的菜圃边。究竟走到什么地方来了？停了步，两人互相看着都笑了。他们仰望那灿烂的繁星。

"在我们这村里，一个时钟也没有，所以我们只有看天上的繁星以定时刻。对于星的方位家父知道得特别清楚，所以他能够报出正确的时间。"

因这事，乌拉奇美尔便说到他幼年时候的事。乌拉奇美尔生于一个大家族的贫农家里。因为家族太大，所以什么也不自由。他想入学校读书，可是因为离学校太远所以又不能去。因此，他就和那地方上的牧师的女儿约定，他替牧师养鹅，牧师的女儿教他读书。

乌拉奇美尔对华西利莎说他的故乡，说他家里的林田。他渐渐伤感起来了。

华西利莎意外地觉得他是这样温柔的人！她越想亲近乌拉奇美尔。

乌拉奇美尔越发说他在美国时的情形，他在年轻的时候，便立凌霄之志，要横渡美洲。

他在货船上曾做了两年船员，以后又在造船厂工作。后来，从那里被驱逐出来，只得跑到别的地方去。因迫于饥饿不得不做短工。有时，在宫殿似的旅馆里做侍者。他看见多少富豪们到那里去！他又看见多少穿绸着缎、饰着花边、佩着钻戒的女人们到那里去！以后他又做一家堂皇的时装店的门房。在那里的薪水还不错。他穿着镶金边的制服的那种漂亮的姿态，大家都很喜欢。可是他不高兴那种工作。有钱的客人终于和他的性格不合。以后他被一位大棉花商人雇去做汽车夫，和那商人一块坐着很漂亮的汽车到美国各地去。但是，这事他也觉得讨厌了。这不过较奴隶稍好一点儿。那个商人叫他卖棉花，立为店员。他便在那里学习簿记。

那时，恰好革命爆发了！他便放弃了一切，急速地跑回俄罗斯去。不用说，他在美国的时候，曾加入过某个团体，有一次曾和警官冲突，被他们拘去。那时恰好那大棉花商来请求释放乌拉奇美尔。那个棉花商不仅很中意他做一位汽车夫，而且他知道乌拉美尔是一位无政府主义者，还非常尊敬他。他常平等地和乌拉奇美尔握手。这一点儿，美国和旧俄罗斯是怎样的不同！

乌拉奇美尔因此很喜欢美国。

乌拉奇美尔和华西利莎在街上这样地走来走去，华西利莎倾耳听着乌拉奇美尔流水般的谈话。他将他的一生告诉了华西利莎，他们两人再回到华西利莎的家里。

"咳，达华利西奇·华西利莎！我喉咙干得很，请给我一杯茶，好吧？我还不想睡。"

乌拉奇美尔向华西利莎这样要求，她踌躇了一会儿说，她的同事也许已经睡着了。

"那不要紧，叫她下来。我们三个人一块谈话，不很好吗？"

华西利莎怎样能够拒绝他的希望呢？她已和他这样亲密，而且他似乎又不想回去。两人走进她的房里，烧起茶来。乌拉奇美尔说："男子替女子扎袖口，这是美国式的。"他一面说，一面便替华西利莎扎袖口。

吃着茶，谈着话，他们又从床上叫起睡眼蒙眬的华西利莎的同事。

乌奥洛查亚又继续说他在美国时的情形。他说他穿着金扣的制服，戴着插有羽毛的三角帽，站在很大的商店的门口，和许多坐着私家汽车、穿着丝袜来买东西的漂亮的女人们说话。其中的一位写了一张纸片给他，约他去玩。他自然不理她。据他自己说，女人的事，实在不成问题，将来一定会发生的。他又说有些女人把些蔷薇花给他……

华西利莎听见乌拉奇美尔说了这些穿丝袜的漂亮的美国女人的话，觉得她自己实在是不知怎样丑劣的东西！

她心里的喜悦又消失了，觉得世界又黑暗起来了。

"达华利西奇·乌拉奇美尔！你恋爱过那些美丽的女子吗？"

华西利莎终于这样开口问出来了，她的声音颤动着，现在想起来她都还觉得可耻。

乌拉奇美尔注视着她摇摇头。

"咳！华西利莎·德孟查维娜！直至现在，我也还完全保守着我的心和我的爱。我想把我这颗心、这点儿爱献给一位纯真的处女。这些美国女子是什么？她们都太放纵了，比卖淫妇还放纵！"

听见乌拉奇美尔说这些话，华西利莎的心里又充满着喜悦，可是不久，她的喜悦又消失了。乌奥洛查亚不是要将她的心献给那纯真的处女吗？可是，华西利莎已经不是无邪的处女了。以前，她在战线的时候曾和机械部员培查亚·拉兹格洛夫发生过关系，且和党的组织员也发生过关系。那时，大家都说，她已和那个男子有了婚约。可是那个男子不晓得跑到什么地方去了，连信也没有一封。她也忘记那个男子的事了。现在这样的情形之下，她是不是"纯真的处女"呢？

华西利莎望着乌拉奇美尔的脸听他说话，但是他说些什么，她并没有听见。她的心里好像很悲伤。而乌拉奇美尔却以为是因为他对华西利莎说的话。因此他不再说话，站起来，急速地不说什么就走了。

他走了以后，只剩下华西利莎，她哭了。她是怎样地希望乌拉奇美尔把她抱在怀里哟！但是他却不中意她！他曾看过多少美貌的女人，他要把他的心献给那"纯真的处女"！

华西利莎整晚哭泣。她决意竭力避免和他见面。她在乌拉奇美尔看起来，她究竟有什么意味呢？

因此，华西利莎决意远离乌拉奇美尔，可是奇怪的命运却使他们比以前接近的机会更多。

有一次华西利莎看见某委员会在那里开会，争论得很激烈。那是要任命新市卫戍司令。一部分赞成推荐乌拉奇美尔，一部分却绝对反对。党的秘书特别不满意乌拉奇美尔。真是出人意料的事！他们说，不是全市都竭力反对那"美国人"吗？

戴着歪斜的毛帽子，和旧时代的知事一样坐着工会专用的马车兜来兜去。这使民众很愤慨，说他破坏了统治，挖苦他的话逐渐传出去，说他又不守工会的规则。

华西利莎竭力为乌拉奇美尔辩护。他看见有许多人这样非难乌拉奇美尔，说他是无政府主义者，她很难过。她想他不是比"布尔什维克"做得更漂亮吗？斯达般·阿尔基莎委奇也拥护乌拉奇美尔。

投票的结果，以七对六否决乌拉奇美尔的任命。这已是没有办法可想了。乌拉奇美尔实在也有不对的地方。他实在穿着得太奢侈一点儿了!

乌拉奇美尔听见委员会投票的结果非常愤慨。为什么不信任他呢？他不是因为革命而弄到身心交瘁了吗？他公然侮辱起"布尔什维克"来了!

"国家中毒者! 集权主义者! 你们这般小子又要建立什么警察制度了!"

他到处都引美国为例,说他加入的 I. W. W.[1] 的事。委员会更加愤怒,要强迫乌拉奇美尔服从规约。他和委员会的间隙日益深刻。那时,华西利莎极力为乌拉奇美尔辩护,她声嘶力竭地为他辩护。

这个问题传到苏维埃去了,说乌拉奇美尔的工会不守训令。乌拉奇美尔还是坚持着他自己的主张。

"我不能服从你们的什么警察命令,一切机关都非由我们自己支配不可! 统治? 你们的统治究竟是什么?! 我们掀起革命而流我们的血,正逐出了资产阶级,难道我们再将别的枷锁加上自身吗?! 要司令官来干什么? 我们不能指挥自己吗?!"

乌拉奇美尔大声地这样说。

"如果你不服从,我们就将你逐出苏维埃去!"

委员长这样威吓着说。

"有本事你试试看吧! 我教工友们完全退出保安队! 看看还有谁来保护你们? 你们不是要再屈服于资产阶级吗? 你们简直是掘自

---

[1] 全称为 Industrial Workers of the World, 即世界产业工人联盟, 是 1905 年在芝加哥成立的激进劳工组织, 主张通过大罢工、联合抵制和破坏等方式增进劳工权益。其纲领有无政府工团主义倾向。——编者

己的坟墓！苏维埃是什么？不只是警察会议吗？！"

乌拉奇美尔圆睁着眼睛很愤怒地说。

华西利莎觉得心脏都停止了跳动似的。为什么乌拉奇美尔会说这样的话呢？大家当然都会反对他的。真的，她所抱的并不是杞忧。全会场都愤激极了，事情是因为乌拉奇美尔骂苏维埃。乌拉奇美尔突然站在那里，颜色苍白地辩护他自己的立场。他的周围掀起了暴风雨，全体都怒目望着他。

"放逐那王八！缚住他！逐那叛徒出去！"

四面都是骂他的声音。

那时，斯达般·阿尔基莎委奇恰好在那里，他才努力把乌拉奇美尔救出场外。阿尔基莎委奇想带他到隔壁的房里去，让他退席后，苏维埃才讨论这件事。

乌拉美尔服从了这个忠告退席了。华西利莎跟在他的后面，心里很痛苦。说错了一句话有什么打紧呢？苏维埃还是苏维埃！为什么他们因为他说错了一句话，就要罚他那样的人呢？照他的行为判断起来不是很正当的吗？乌拉奇美尔对于苏维埃的卖力，不是谁都晓得的吗？那时如果没有他，"布尔什维克"不是开始要失败了吗？解除军官的武装的是他，驱逐市长的也是他，使最顽迷的反对派辞职的又是他！回头看看他过去的战绩吧！为什么他只说错了几句话，就要将他放逐出苏维埃去呢？！

华西利莎很忧虑地走进隔壁的房里。乌拉奇美尔坐在椅子上，一只手支着头在那里默想。

乌拉奇美尔知道她进来了，回头看看他，在他的眼睛里充满着苦痛、烦闷和忧虑的神情。同时，在华西利莎的心里，觉得他好像是一位很得人怜爱的小孩子。她的心里充满着同情，她想尽方法去安慰乌拉奇美尔的痛苦。

"国家中毒者很可怕吧？"

强硬的乌拉奇美尔听见这样说。

"我威吓了他们，那班小子很惊慌吧？现在的情形怎样……"

他说到这里，又切断了他的话头。

华西利莎很亲切地看着他。在她的眼睛里并含有非难他的神情。

"唉，乌拉奇美尔·伊华诺委奇！你弄糟了！你自己将因此而没落啊！你为什么要说那些话呢？你不是好像和苏维埃对敌吗？"

"如果苏维埃是警察局的变形，那我始终都反对！"

乌拉奇美尔还很强硬。

"为什么你会说出连你自己都不相信的话呢？"

华西利莎再走近他的身边，脸红红地很温柔地像母亲望着孩子似的望着他。乌拉奇美尔的眼光和她的眼光接触后又继续沉默着。

"是因为愤怒而说出来的吗？"

乌拉奇美尔点点头。

"我不能沉默着忍受，所以愤慨地说出来了。"

乌拉奇美尔再抬起头来，好像小孩子对母亲悔过似的望着华西利莎的眼睛。

"事情已经弄到这样，现在已经不能挽回了。"

这样说了，乌拉奇美尔握着她的手，想走开的样子。可是华西利莎却仍然亲近着他。她的心里充满着怜悯和爱意。他觉得现在的华西利莎实在是无上的可爱。她用手摸看乌拉奇美尔的头，抚摸着他的发。

"乌拉奇美尔·伊华诺委奇！这样不行的，不要灰心吧！你不是一位很能干的无政府主义者吗？唉，乌拉奇美尔！这个样子不行。自己没有自信又嚷嚷着说别人，那是不行的！"

华西利莎倒在乌拉奇美尔的身边，小孩似的抚摩着他的头。他又把他的头贴在华西利莎的胸前，好像要求她的援助似的。这样伟大的他，现在也忧郁到和小孩一样了。

"一切都是乱七八糟的。我想起了革命，我想起了同志们——现在，一切都变了。"

"那不用说，可是，你不能不保持优美的友谊哟！"

"不！现在只是善意，什么也不行！我对于人们大概怎样也不会有好结果的。"

"不练习不行哟！无论如何也不行！"

华西利莎摸着乌拉奇美尔的头看着他，她俯低身体吻他的头发。

"我们非将这个问题解决了不可。你自行去谢罪，说你一时失言，请大家不要误会吧。"

"那可以。"

乌拉奇美尔很顺从地同意了，望着华西利莎求她援助似的。他忽然两手紧紧地抱着她，紧到连她的胸前都有点痛了。他热烈的嘴唇接触着她的。

华西利莎很急速地跑回演坛去，走到执行委员们那里，又走到斯达般·阿尔基莎委奇那里，说怎样怎样请他们竭力把乌拉奇美尔从这件事救出来。

事情终于解决了。

可是，大家对于乌拉奇美尔反抗的态度却还没有完全消失。因此，苏维埃乃分为两派。而那平稳的幸福的时光乃成过去。

华西利莎不想再想下去了。可是她的脑中还是翻来覆去不断地想着。

他们什么时候住在一块的呢？大概是在那苏维埃的事件以后吧。

有一次，乌拉奇美尔送华西利莎回家。那时他们两人已经什么都一致行动了。他们两人的时候，曾温柔地互诉过他们的衷曲。

那时恰好华西利莎的朋友不在家。乌拉奇美尔便把华西利莎抱到自己的胸前，热情地吻她。直至现在华西利莎也还记得那时的接吻。可是她躲着自己的身体，正面看着乌拉奇美尔。

"乌奥洛查亚！你不能吻我，不是诚意的不能吻我。"

乌拉奇美尔吃了一惊，不晓得那是什么意思。

"什么？难道我想欺骗你吗？你还不晓得我见你以后便恋着你了吗？"

"不是这事。乌奥洛查亚！我自然相信你。可是，那，我……请你不要和我接吻吧！你不是说过，你要把你的心献给那'纯真的处女'吗？是吧，乌奥洛查亚？可是我已经不是处女了。我以前曾有过恋人。"

她以为自己的幸福现在已经消失了，她绝望地说。

乌拉奇美尔截断她的话：

"以前的恋人算什么！你是我的，华西亚，比你更纯真的人在哪里找得到呢？你的心不是和雪一样清澈吗？"

他很热情地再抱住华西利莎。

"咦？华西亚！你不爱我吗？咦？不爱？你不是我的吗？已然不是他人的，还不是我的吗？那么，请你不要再提以前的恋人的事吧，请你什么也不要说，我也不想听什么了。真的，你是我的，问题就只是这样。"

这是他们两人的结婚生活的序幕。

同栖

四

　　在黑暗的车厢中。NAP 女把 O. D. Koroneu 香水洒在车内，连寝台上也有。华西利莎静静地躺在那上面的寝台，还没有睡，过去的回忆老是浮现在她的心头，好像是过去的总决算一样。为什么要总决算呢？她的前途还是浩浩荡荡的。恋爱、幸福还在那里等待着她。可是，在她那看不见的心的深处好像觉得一切都和以前的不同了。四年前的幸福也已成过去。他们的恋爱也已经变化了。实际上，连华西利莎自身也不是从前的她了。

　　为什么？谁人的罪过呢？

华西利莎两手攀着头昂首沉思。这数年来的事物，她不必再想了。她生活着，她劳动着。可是现在，她好像觉得那时候的一切都忘记了，什么也倦怠了。什么缘故呢？那是因为党内继续发生纷争，各机关继续发生混乱。

一切都已经变了。乌奥洛查亚也变了。实际上，她为了乌奥洛查亚的事不知忙到怎样的程度。他时常都和官吏很疏隔。可是华西利莎却时常都能说服他。他信赖华西利莎，常常听从她的忠告。

白党又开始攻击了。因此市区又濒于危险。乌拉奇美尔决意加入战线上的军队。华西利莎也并不怎样去阻止他。不过她劝他在出发去战线以前，无论如何一定先要加入"布尔什维克"。起初他反对，终于他答应了。

他已是一位"布尔什维克"，出发到战线去。

他们很少会面。有时乌拉奇美尔得到一两天的休假归来，可是接着便又不晓得是几星期几个月的离别。这是没有办法的。因在这期间离别惯了，所以也并不觉得怎样寂寞，且在当时实际上也并没有心的余暇。

有一次，华西利莎在某委员会的席上听见乌拉奇美尔因某事被嫌疑的事。究竟因为什么呢？据说乌拉奇美尔在炮兵中活动，时常不遵守义务，且有一点不正的行为。

华西利莎非常生气！这是不会有的事！她不相信。这一定是阴谋，不然就是流言！

因为想详细明了事件的真相，所以华西利莎到各方面去刺探。这问题大概是很重大的，但还没有提到法庭去，华西利莎乃辞了职，恳求斯达般·阿尔基莎委奇改派她到运输慰问品到战线去的列车上工作。三日后，她便坐着到战线去的列车。

这实在太麻烦了，到处都延迟又延迟。有时是列车间相互的时间不对，有时是文件弄错了以致迟误，还有些列车不愿挂慰问品车。因此，弄得华西利莎非常疲乏，心里非常痛苦。事件或许已经提到法庭了。

那时，华西利莎是怎样地爱乌奥洛查亚，怎样地亲近他。她很信任乌奥洛查亚。因为他是无政府主义者，人们都不了解他，都在猜疑他，她却竭力为他辩护。谁也没有她那样了解乌拉奇美尔的心情。他的心是女性似的温柔，他的粗野与顽迷不过是表面的说话。华西利莎知道乌拉奇美尔的亲切与温柔，所以她相信，他的行为一定很对。

虽是这样，但乌拉奇美尔的心里很不痛快却是事实。无产阶级的生活方法实在是很困苦的。

华西利莎终于到了战线的本部了。经过了种种困难，才探听出乌拉奇美尔的住所。她冒着骤雨，往来于市区之中，幸得一位很亲切的同志和她一块儿去。她很疲乏了，而且很冷。但听说还正在调查，远没有找出什么证据，她才稍为安心。军队中对于乌奥洛查亚有种种不同的意见，不过都是非难他中伤他的声音。因为华西利莎是乌奥洛查亚的夫人，大家看见她都浮现出一种讥讽的微笑。她觉得他们对她都隐瞒着什么，这使她很难过。她要晓得这问题的一切真相。所以她决意去访问中央行政部的托波尔可夫同志。他认识乌拉奇美尔，而且晓得他的经历。她想人家告诉她，为什么要这样纠缠着乌拉奇美尔呢？不是有许多从前是"孟什维克"或社会革命党人的，现在都没有谁非难他们吗？无政府主义者为什么比他们还更坏呢?

华西利莎这样想着，带她去的同志和她已经走到乌拉奇美尔所住的小小的木屋了。很清晰地看见那房子的一列窗子，大门加着键。带路的同志叩着门，没有应。华西利莎的脚已经濡湿。衣服也水淋淋了，她冷得很，实际上，那时，她不想到和乌拉奇美尔会面的乐趣，而只希望快点走进暖室去更换那洒湿了的衣服和鞋袜。她五日来坐在货车中的火炉旁边几乎不能睡觉。

"叩叩窗门试试看吧。"

引路的同志说罢这话，他折了一枝桦树枝，砰砰地叩那窗户门。

谁揭开了窗帷，乌拉奇美尔的头，马上映入华西利莎的眼中。他只穿着一件内衣。乌拉奇美尔伸出头来看了一看，想再看清楚一点儿，他的肩后忽然伸出了一位女人的头。她想再看时又已消失了。

华西利莎的心忽然陷落黑暗的深渊中，觉得非常痛苦。

"达华利西奇! 为什么不开门? 我带你的夫人来了!"

窗帷又放下来了，遮蔽了乌奥洛查亚和那个女人。华西利莎和带他来的同志走上阶级到那门口。他们又在那里等待。为什么要等这么久呢? 华西利莎觉得等了很久似的。

门开开了。乌拉奇美尔抱着华西利莎和她接吻。乌拉奇美尔的脸上赤热地燃烧着，眼里含着眼泪。

"终于来了! 终于到这里来了! 华西亚! 我唯一的朋友!"

"喂，请拿起这位女士的东西吧，用不着我来照顾了。"同来的那位同志这样说。

“华西亚，请进来吧！我们一块儿吃晚饭。衣服都淋湿了，冷吧？”

三人走进屋里。室内很明朗，很大方。有餐室，餐室后面是寝室。在餐室的餐台边坐着一位穿着白衫、袖上佩着红布的看护妇。漂亮的姑娘呀！华西利莎再触动了心怀。乌奥洛查亚为她们两人介绍。

“这是巴尔巴拉女士。这是拙荆，华西利莎·德孟查维娜。”

两位女士握了手，探索地互相看了一看。

“华西亚！什么？请脱去上衣吧。你不是这家里的主妇吗？你是管理家政的妙手。你的小屋子比这里整理得漂亮得多哩！请脱去外套吧，很湿了哩！去靠近火炉旁边吧。”

看护妇忽然站了起来。

“乌拉奇美尔·伊华诺委奇，工作的事明天再说吧。我不想破坏你们家庭的团聚，今晚失礼了。”

看护妇这样说了，和华西利莎与乌奥洛查亚握握手，就和带华西利莎来的同志一块出去了。

他们走了以后，乌拉奇美尔抱起华西利莎走进房里去。他爱抚她，吻她，喜悦达于顶点。

华西利莎心里的重味，暂暂轻松了，她觉得很可耻。她竟在接吻的时候问："那位看护妇是谁？"她心里忐忑地望着乌奥洛查亚。

“看护妇？她吗？她是来这里商量补充病院的材料的。那些东西要赶快配起来，可是火车却到处迟延。他们那班小子想夺去我的工作，可是没有我，他们又办不通。一有什么困难，他们又要跑到这里来。”

44

他岔开了华西利莎的质问，说大家怎样地非难他，今后他们两人会有怎样的苦难。他放下华西利莎，两人跑进寝室去。华西利莎一跑进这里，心里又觉得很痛苦。因为她看见那寝台上好像谁刚在那里打战急忙地拉好的一样。

华西利莎望着乌拉奇美尔的脸。乌拉奇美尔背着两手——这种姿态是华西利莎看惯了的——在室内走来走去。他说明这次事件的真相究竟是怎样，同时是怎样发生的。

华西利莎听见乌拉奇美尔说了这些话，她很疼爱地怜抚他。她觉得一切都是诬蔑乌拉奇美尔的流言，她的爱人是洁白无瑕的，她完全信任他。

华西利莎在她的提篮里拿出一对袜来，可是没有带替换的鞋。怎么办呢？

乌拉奇美尔马上觉察出来了。

"咳，你老是这样！又没有带替换的鞋吧？现在我拿皮料来，请我们的鞋匠给你做一对好了。总之，你脱掉它吧，湿得厉害哩！"

乌拉奇美尔替华西利莎脱了鞋。抛开了那对湿鞋，用他那对温暖的手握着她的冰冷的两足。

"可爱的小足呀！洋囡囡的脚一样！可爱的我的华西亚！"

弯着身子，乌拉奇美尔不禁吻她的脚。

"啊！乌奥洛德加！痴郎！"

她不禁笑了出来。华西利莎的心里又光明起来了。

两人饮着茶，说着话，乌拉奇美尔对华西利莎说出了一切的始末。他说，人们说他随处都说暴言，不遵守训令，时常自由行动，有时竟不守命令；又说他以前拼命为主义而奋斗时的事和因他雇用了"不良"的分子弄糟了事业的事。华西利莎说这些另当别论，但关于账目糊涂的事，她却始终不大明白。乌拉奇美尔听见华西利莎这些话，马上站在她的面前，很愤怒地说：

"华西亚！关于我的事，连你也这样想吗？"

"不，乌奥洛查亚，不是这样的。你对于会计方面的事不是太放浪了吗？我很担心，会计这事是很麻烦的。"

"关于会计的事，那是用不着担心的。等一会儿让我总决算后便什么都明白了。会计方面的事如同我和水晶一样洁白。我在美国曾学过簿记，那恰是适合我的事务。"

华西利莎听了这些话，心里的重担好像轻松了许多。明白了以后只要去找和这享有关系的同志们商量，说明这事件的本末便好。

"你是怎样关心地跑到这里来！我真连做梦也没有想到你会来。我知道你是忙到连和你的爱人乌奥洛德加说话都没有空的。"

"可是，乌奥洛查亚！请你想想吧，你不在我的身边，我能安闲地生活吗？我的乌奥洛查亚现在怎么样了呢？想着什么呢？不是发生了什么问题吗？我时常都是这样挂虑着。"

"总之，华西亚，你是我的守护之神！"

乌拉奇美尔庄严地这样说着，和华西利莎接吻。在他的眼睛里，包藏着无限的悲哀，好像沉思着什么一样。

"华西亚。我真没有做你丈夫的资格了。我只能够爱你。比什么都更爱你。你相信我吧？在世界中我只爱你一个人。世间的事都是混混沌沌的……"

乌拉奇美尔这样说着，非常激情与焦躁，使华西利莎陷于难解的谜中。

两人走入寝室。那已是就寝的时候了。华西利莎整理被褥。为什么？她的额上好像给一棒打过来一样，膝盖都打战了。那是女人用的亵裤——珠被上的污印！

"乌奥洛查亚！这是什么？"

华西利莎从喉咙里迸出这颤动的声音。

乌拉奇美尔走到寝台边，将那亵裤抛到床头去。

"那个混蛋的主妇！她在我出去的时候，又在我这里睡觉了，连床都给她弄脏了。"

他这样说了，便将珠被摊开在床上。

"乌奥洛查亚！"

华西利莎睁大眼睛看着站在她面前的他。她的脸色，说明了一切。

乌奥洛查亚望着她沉默着。

"为什么呢？乌奥洛查亚！这是什么？"

乌奥洛查亚振动着两手倒在寝台上。

"已经没法挽回了！已经没法挽回了！可是，华西亚！我发誓说，我只是爱你，华西亚！"

"啊，究竟为什么？为什么你没有顾虑到我们的恋爱吗？"

"华西亚！我还年轻，而几个月来又只有我一个人生活。许多放荡的女人们追逐着我。那些不要脸的东西，龌龊的女人们！"

乌拉奇美尔伸开他的两手到华西利莎那里去。大颗的热泪，流落在他的两颊。

"唉，华西亚！请你了解我。假使你不了解我，那我就不能生存了。请你可怜可怜我吧，我难堪极了!"

华西利莎弯着身体，和以前在苏维埃的晚上一样，吻着他的头。她也和以前一样不能不怜爱这个大而无告的小孩似的他。假使她不理解他，谁能理解他呢? 现在不是大家都在挖苦他吗? 因为乌奥洛查亚使她伤心，就要使他痛苦死吗? 现在他所受的罪恶的先锋，以前她自己不是也受过了吗? 现在因他使华西利莎这样痛苦，就要苦杀他，那是多么可哀呵!

华西利莎伏在乌拉奇美尔的身上，默默地抚摩着他的头，计划要怎样才能脱离这种苦境。

正在那个时候，忽然听见有叩门的声音。这是很急激的命令似的叩门声。什么事呢?

两人面面相觑了一会，他们预感到是什么事了，热烈地拥抱，情热地接吻。两人放开了手，走出门口。他们的想象证实了。

事件的调查，恰好已经终了，要先将乌拉奇美尔拘去。华西利莎恐慌到天旋地转一样。

乌拉奇美尔还保持着平静。他敏捷地收拾了他的东西，对华西利莎说，哪是必要的文件，谁是很好的证人，谁也是一样的证人。不久，他就被他们拘去了。

这些已是数年前的事了。可是华西利莎永远不会忘记那天晚上的事。她从来没有那天晚上的经验。

华西利莎的心给二重痛苦所苦。一个是永劫不变的女人所难堪的痛苦; 另外一个是她看见她的爱人因一种罪冤、人们的恶意和社会的无条理使他所受的痛苦，她的朋友和同志的同情，使她非常痛心。

华西利莎疯狂了似的在寝室中走来走去，一点儿也不能安心。

现在这里，当她未来以前，乌拉奇美尔曾经爱抚、接吻、拥抱过她以外的女人，那是有樱桃似的嘴唇和肉感的胸脯的美丽的女人。乌奥洛查亚现在不是也还恋慕着那个女人吗？他对华西利莎的怜悯之情不是骗她的吗？

她想明白一切真相——只是真相。为什么现在就要拘他去呢？如果他在这里再住久一点儿，她许可以知道这件事的一切。虽然不知道也可以追问乌奥洛查亚。又如果他现在还在这里，华西利莎也许可以脱离这样痛苦的情怀，充满哀怜他的情调。

女性的华西利莎心里很痛苦，甚至对乌拉奇美尔有点愤怒。为什么他会干出这样的事呢？如果他是爱她的，不是不应该再去勾搭别的女子吗？而且，如果他不爱她，他不是可以明白地说出来吗？何必说那些谎话骗她，使她痛苦呢？

华西利莎从房子的这边走到那边，走来走去，一点儿也不能安定。

她忽然这样想：假使对乌拉奇美尔的告发真成问题时怎么样呢？假使对他的拘捕是栽诬的又怎么样呢？假使他所谓把他引入事件的漩涡中的"不良分子"和恶人们对他负同样的责任时又怎么样呢？

这样一想，她心里的痛苦马上消失了。那位朱唇的看护妇的事也消失了。华西利莎因挂虑乌拉奇美尔的不安，身心都很疲乏了，因他的痛苦，她身心交瘁了。他们想剥夺乌拉奇美尔的名誉，所以无情地拘捕他。而他们还是所谓同志！

和这个比较起来，她的女性的悲哀有什么呢？他们是他的同志，都还要对华西利莎所爱的乌拉奇美尔搬弄什么陷害的手段。华西利莎一想到这里，就觉得虽然革过命了还仍然没有真理和正义存在，这样的情形比乌奥洛查亚和别的女子住在一块，或比什么更暗淡！

华西利莎好像肉体都消失了一样，连自己的疲劳都忘记了。她的真心，想起了无数的痛苦，但是仍很坦然。华西利莎直等到天明，随着晨光的到来，她也坚决地决意为乌拉奇美尔而奋斗，不让人们动一动乌拉奇美尔，无论如何，她要从那些嫉妒的阴谋家们的手里把他解救出来。虽是独手单拳，华西利莎也要使大家晓得乌拉奇美尔是洁白的，他们对乌拉奇美尔的非难、对他的名誉的诽毁和攻击都是完全不对的。

五

翌晨，很早便有一名赤卫军带了一封由乌奥洛查亚给华西利莎的信。

我的妻，我的爱友，华西亚哟！

对于这件事，我并不觉得什么，他们要陷害我就让他们陷害去好了。可是，最使我痛心的却是失掉了你！唉！华西亚，没有你，我就不能再活下去了。你如不能谅解我，那我实在非常痛苦。如你不再爱我，那么请杀掉我吧，不必再为我努力了！

你的——只有你一个人的乌奥洛查亚

而在信笺的一个角上又斜斜地写着："我爱你，无论你相信不相信，我到死都爱你。"

在另外一个角上又写着下面的文句："我早已决意不责难你的过去了。请你谅解我，忘记这次的事吧！身心都是你的乌奥洛查亚上。"

华西利莎反复读这封信，觉得心里又轻松起来了。他所说的也有点儿道理。他并没有责难华西利莎已经不是处女的事。

所谓男子，就是这样的。那不贞的女子挂在他的头上时他怎么样呢？他能够和僧侣一样把那个手拿下来吗？

华西利莎再读那封信。和那信接吻，珍重地放在口袋里。咳，从此，非将乌奥洛查亚救出来不可！

她很兴奋地在各处跑来跑去，她虽是粉身碎骨也要和那些官僚式的漠不关心的人们冲突。一切烦恼几乎受尽了，一切希望都几乎消失了。可是，她又振其全力再提起新的勇气努力贯彻她的初志。无论如何，她是不让那些作惯了恶的阴谋家们陷害乌拉奇美尔。

华西利莎终于完成了那运动的最重要的部分了。由托波尔可夫同志亲自处理这问题。他直接审查了这案件后下了制决。

"对于乌奥洛查亚的控告，毫无根据，着即开释。兹威利多夫、马利全柯两人与本案有关，着即逮捕。"

第二天早上，华西利莎不能起床了。她患了肠窒扶斯。那晚，她完全失了常态，意识不明，连乌奥洛查亚归来的时候也不晓得。

华西利莎还记得那次的病昏沉沉的好像做梦一样，不晓得哪天晚上才恢复了意识。她环视周围，那是她没有见过的房子，台上放着药瓶，穿白衫的看护妇坐在她睡着的寝台上。这看护妇是一位不大温柔的中年女人。华西利莎一看见看护妇马上又迷惑了，那白衫马上又使她昏迷了。为什么呢？连她自己也不能解释。

"要饮水吗？"

看护妇走进来，把一杯水放在华西利莎的唇边。

华西利莎饮了一口水，又失去了意识，幻梦似的模模糊糊地觉得好像乌拉奇美尔伏在她的身上整理枕褥。不久意识又完全不明了。她梦着。——那些事不是真的吗？在那房子里有两个影——不，不是影，是两个女人，现实的两个女人。一位是白色的，另外一位是灰色的。两人的手都互相屈曲着叠合着，好像还跳跃着，她们在那里争持着。华西利莎现在已经了解那个了。"生"和"死"摆在她的面前，互相在那里争夺她。究竟鹿死谁手呢？

华西利莎惊了一下，因为太惊了，几乎叫了出来，可是，不知怎的她又叫不出来。忽然，她听见街上嘭嘭嘭的铁炮声音……这使她更惊，她的心跳动得很厉害，好像要破裂了一样。

华西利莎张开眼睛看了一看。还是夜间，她看见明亮的灯光，只有她自己一个人。她静听着，嘎嗒！嘎嗒！——好像老鼠的声音——好像有什么东西在床上转动的声音。这声音渐渐接近，华西利莎恐怖起来。她觉得好像有老鼠在她身上跳动。她想把它们驱逐出去，可是又办不到。

华西利莎很微弱地叫了出来："乌奥洛查亚，乌奥洛查亚，乌奥洛查亚！"

"华西亚！我的爱人！怎么样了？"

乌拉奇美尔弯着身体很关切地望着她。

"乌奥洛查亚！你还活着吗？真的？"

她那无力的手摸着乌拉奇美尔的头。

“啊！还活着啊！我们两个人都还活着啊！为什么？我的华西亚！究竟为什么？是发梦吧？是梦呓吧？”

乌奥洛查亚很温柔地吻华西利莎的手，抚摸她那流着汗剪了发的头。

“不，不是梦。因为老鼠在那里嘎嗒嘎嗒地响……”

她自行辩护似的微笑着说。

“老鼠？哎哟，我的华西亚连老鼠都要怕，这样胆小了！我曾对看护妇说过不要让你一个人在这里，幸得我到这里来了。”

乌拉奇美尔笑着说。

华西利莎问她现在是在哪里。但是，她因为太疲倦了，连说话的精神都没有。不过这是最高兴的，比什么都更高兴的疲劳。他在她的身边，她比什么都更喜欢。她用她那无力的手握着她的爱人的手不愿意分离。

“啊！真的还活着啊！”

她微启她的樱唇说。

“真正的哟！真的还活着！”

乌奥洛查亚笑着点着头静静地吻她的额。

华西利莎睁开了眼睛。

“那么，我的头发怎么样了呢？剪了吗？”

“什么也没有了，请你不要担心吧。华西亚，这次你真是一位剪发的姑娘了。”

华西利莎微笑着。她很喜欢。

乌奥洛查亚不离她的身边，他坐在华西利莎旁边的椅子上守候着她睡觉。

"华西亚，请睡吧。不要老是睁开眼睛看着我。你要看我，等你的病快点儿好了再细细地看吧。如果你现在还不睡，病又要加重了。给医生知道了，还要骂我是蹩脚的看护人哩。"

"你不到什么地方去吗？"

"还说去哪里，我每晚都睡在你旁边的地板上。我看着你，我便没有这样担心了。可是白天我要去工作。"

"工作？在事务所吗？"

"是的。一切都已经解决了。那些坏蛋们终于扣留起来了，华西亚。睡吧！如果不睡，我就走了。"

她那可爱的手更紧紧地握着乌奥洛查亚的手。她静静地闭着眼睛听着。

有乌拉奇美尔在旁边守护着睡觉，在她是最快活的事。

"喂，你……"

"真没办法哩，痴女，不睡不行哟！"

"现在我就睡了。可是我老是恋着你……"

乌拉奇美尔伏在她的身上，看着她的两眼，静静地温柔地做长时间的接吻。

那时华西利莎欢喜到连眼泪都掉下来了。她想，那时虽然死在那里也不要紧。她觉得那是再幸福不过的了。

华西利莎回忆那时的心情，连她都觉得惊异。那些事实际上真是有的吗？她心里想，还有比那时更幸福的事吗？

那时的喜悦、那时的幸福，现在不在眼前了。她现在正到她的爱人乌奥洛查亚那里去。他正在叫华西利莎去，待她的来临。他特别派了专使到华西利莎那里，请她赶快启程。他还送了衣料和旅费给她，乌拉奇美尔当然还爱华西利莎。可是，为什么现在她不觉得以前那样的幸福呢？华西利莎想竭力确信她自己的幸福。可是，她的心中给疑虑的暗云遮蔽着，她不能有确实的信念。

华西利莎还是继续冥想，追忆着过去。他们两人那时又不得不突然分离，因为战线已急速地转变了。乌拉奇美尔走了以后，华西利莎的身体更加衰弱了，几乎不能步行。两人很快慰地相别，关于看护妇的事早已不提了。华西利莎已经晓得乌奥洛查亚对于看护妇的事还没有饮一杯威士忌那样兴奋。一切都忘记了，连提都不提了。

华西利莎再回去从前的老巢重新做她的工作。

那时，华西利莎觉得一切都已和从前一样可以安心了。但在现在想起来，那时她的心里已经有一种很重的什么东西，好像不晓得在什么地方有什么东西吊着她的头一样。这是对那红唇的看护妇的愤懑还是对乌拉奇美尔的疑心呢？但无论如何，华西利莎还爱着乌拉奇美尔却是事实。他们两人共尝着恐怖，因华西利莎的病使他们两人更亲近。他们两人以前自然已经爱着了，但在那时，他们两人还不感觉到互相亲近的事。互相援助，共尝甘苦以后，他们的心和心已越发密合了。虽是这样，可是在他们现在的恋爱之中，华西利莎却找不出明媚的春朝似的喜悦，好像阴暗的黑云隐蔽着的非常抑郁的心情。虽是这样，他们的恋爱却仍日益深强。

那时是不是一切都感觉得到恋爱或喜悦呢？

战争，分裂，阴谋，接着是共产党员的动员。正是大家都为环境所威胁，各人的工作都非常忙碌的时候。在苏维埃住宅部工作的华西利莎出来招待许多难民。她想依照她自己的意见而经营公共住宅，这时正是工作的时候了。斯达般·阿尔基莎委奇在精神方面物质方面都竭力援助她，因此她便埋头于她自己的工作中。

这样经过了几个月。在华西利莎的心里自然没有一天不思念乌拉奇美尔。可是，虽是这样，她也没有恋慕他的时间。乌拉奇美尔方面也有他自己的工作。一切都好像很平稳地过去。他也渐渐不会这样奢侈，和执行委员们也很投契了。

这个时候，乌拉奇美尔忽然访问华西利莎的家。这实在是预料不到的访问。他在退却的小战中受了一点儿伤，虽然没有什么别的重伤，但是需要静养。因此，他就请假归来，到她的夫人那里去静养。

华西利莎自然是很高兴的。可是在她的心里却在想，他早两个月或迟一个月再来都好，为什么要在这个时候回来呢？她不这样想也不行。那时她很痛苦，因为她有非常多的工作。

恰好已在开大会，住宅部又正在改组，而且华西利莎正在经营她的公共住宅，不知何时才是工作终了的时候。她没有分身术，在这时候，受伤的乌拉奇美尔又要她去温存，要怎么办才好呢？

因为担心着这些事，所以虽然是爱人来访她也不觉得喜欢。而在乌拉奇美尔方面却还和小孩似的非常高兴两人的再会。他遵守从前访问华西利莎时的前约，给她带来了一双鞋。

"华西亚，请穿穿这对鞋吧。我想看看你那洋囡囡似的好看的脚。"

那时，华西利莎正急欲去住宅部开会。但是她不想拂乌拉奇美尔的意，所以她就穿它。她好像初次看见她自己的脚，她那洋囡囡似的脚一样。她喜悦地望着乌拉奇美尔，连"多谢"都忘记说了。

"华西亚！我真想拥抱你！你这样忙个不停实在太可惜了。我真爱你那小小的脚，我真爱你那鸢色的眼睛！"

乌拉奇美尔很满足似的非常喜欢。他说了许多话，说了许多笑话。

可是，华西利莎已非去开会不可了，乌拉奇美尔的话几乎一半她没有听到，她望一望那架上镜台旁边的时钟，时间已经到了。会众一定已在那里等候了，同志们也许很愤慨了。大家都在那里等着，只有委员长一个人迟到实在不大好。

那天，华西利莎在黄昏的时候才回来，已很疲倦了。开会的情形有点混乱，所以她又很烦恼。

华西利莎踏上屋根的她的房里的阶沿上时这样想：

"乌奥洛查亚来这里也好，我可以和他说说今天的烦扰的事。"

她踏进自己的房里时，不见乌奥洛查亚的影。到哪里去了呢？帽子和上衣都还放在那里。

大概到屋外去了吧。

华西利莎这样想着，在那里扫除房屋，把茶壶放到煤油灯上去。直到现在乌奥洛查亚也没回来。

究竟到哪里去了呢？走出门口去，她又不见他的踪迹。不得已她又跑回家里来。可是，渐渐又担心起来了，便又跑出门外去。走到那里，乌奥洛查亚不是在那里站着吗？他从费托莎埃夫房里走出来。乌奥洛查亚和费托莎埃夫的家族好像亲友一样微笑着辞别。为什么乌奥洛查亚会和他们那样的人来往呢？乌奥洛查亚应该已经晓得他们的底细。

"啊！华西亚，你回来了！你的房子闷死我了！好像吊着头一样一个人整天闷在那里，所以会会费托莎埃夫那样的人也好，可以借此参观参观各地。"

"那些人们都是不行的，乌奥洛查亚。你已经晓得了，那些人是很难相处的。"

"可是，只闷在你的房里，不是会把我闷死吗？喂，华西亚，你如果能够整天不出去，那我就可以不到费托莎埃夫那里去。"

"但是，我有许多工作。我想尽可能地早些归来，坐在你的身边，可是这几乎是不可能的事。"

"这不用说的，你忙得很。可是你患肠窒扶斯的时候，我整晚都在你的身边，那时，我究竟怎样呢？就是在白天我也时常挂念着你。喂，华西亚，我现在因为病才到你这里来静养，现在似乎都还有点儿热。"

华西利莎觉得乌拉奇美尔的谈话中似乎有点怪她。那么她究竟要怎么样才好呢？她工作的机关正在改组，开大会又正在眼前。

"华西亚，我到这里来，你似乎不很喜欢。我没有预料到你会这样。"

"啊！为什么你说那些话呢？我不很喜欢？我？啊！你！我挚爱的爱人！"

华西利莎便这样投在乌奥洛查亚的怀里。他们两人险些把那煤油炉弄翻了！

"咳，请当心一点儿。我觉得你也许已经找到第二位比我更好的人，你已经不爱我了。你太冷淡了，你和从前有点儿不同，一点

58

儿温存也没有了……"

"乌奥洛查亚！我太疲倦，一点儿精神也没有了……"

"哎哟，从前你不是不晓得疲倦的天使吗?!"

他把华西利莎拉到他的身边，热烈地吻她。

两人就这样住在他们那屋根的房子里。起初，两人都将将就就地过去了。要把华西利莎的身体分开给她的爱人和她的工作，她自然觉得很痛苦，虽是这样，她也很愉快。

因为乌奥洛查亚在这里，她随时都有谈心的对手，随时都有人给她以忠告，她失望的时候有人同情，她将来的计划有人赞助。

虽是这样，家事终究很麻烦。在战地中，乌拉奇美尔的用膳比较丰腴。和华西利莎家里的用膳比较起来怎么样呢？华西利莎是从公共厨场领食料的，连白糖也没有的红茶，只有一点儿砂糖点心。最初的数日，乌拉奇美尔都是吃他自己带来的食物。

"我带了两三种食物来。有麦粉，有白糖，有香肠。因为你时常都是麻雀似的只吃一点儿东西。"

带来的食物不久吃完了。他们两人就不能不到公共厨场去领取食物。乌拉奇美尔不大喜欢吃这些东西，时常说吃不惯。

"不是时常都只吃些很坏的菜和粥吗？鸡是一定没有的！"

"当然是什么也没有哟！不外是平均分配来的东西吧，本来没有什么的。"

"说些什么？费托莎埃夫那里不是也是分配来的吗？可是我昨天看见他们的晚餐却有很好的东西。有油炸马铃薯，又有葱烩鲱鱼。"

"那是因为他的夫人有弄饭吃的闲工夫。可是我，你晓得的，整天都忙不完。一点儿空闲都没有，所以……"

"你太忙了，那是不行的。为什么你还要经营公共住宅那样的事呢？就是费托莎埃夫也已经这样说过了……"

"费托莎埃夫说的什么我早已晓得了！"

华西利莎忍不住愤怒起来。她憎恶乌拉奇美尔也和她的歌手一鼻孔出气。

"连你也和那些人们一样敌视我，那我还要朋友干什么呢？"

两人这样口角着，感情因此破裂了。可是不久，又互相认错和好如初。华西利莎觉得自己不能温存自己的爱人，渐渐忧郁起来。爱人是在战地负伤跑到她那里来的，而她只能领些公共厨场里所分发的食物给他吃。华西利莎病了的时候，他不是紧紧留在她的身边温存着她吗？而这次，他又不爽约地给她带了一双鞋。

华西利莎看见乌拉奇美尔连食也不能多吃，心里非常难过。乌拉奇美尔只呷几口汤又把汤盘推开了。

"像水一样的汤，我情愿挨饿也不愿再喝！请给我点儿茶喝，找点儿面包给我吃好吧？不久就会从战地送些麦粉给我，我就把那些当作礼物送给你好了。"

像这样过日子实在不痛快。她要想个怎样的办法才好。

一天，华西利莎很仓急地赴会。她的脑袋已经给会议的决议案和糙米稀饭的问题弄混沌了。乌奥洛查亚的晚餐要怎么样才好呢？如果有时间，她想是可设法准备点儿适当的东西。

她正想着这些事去赴会，恰在赴会的途中碰见了她的堂姊妹。她那位堂姊妹是刚从学校出来的活泼伶俐的姑娘，现在和她的父母住在一块。没有固定职业，只帮助她的母亲打理家事。西绍莎是她的名字。

很容易就说好了，西绍莎每天昼间到华西利莎那里，帮助她处理家事，而华西利莎拿一点儿自己分来的食料报酬她。因此，华西利莎就好像放下了重负似的急急地去开会。明天，乌拉奇美尔就可以吃好吃的东西了。

西绍莎非常伶俐，和乌奥洛查亚也很投契。三个人共同打理家务，互相交换材料。而乌奥洛查亚因为从前的工会的关系，又得到种种东西。华西利莎很满足。乌奥洛查亚也不再说东西不好吃了。可是这次，他又提出别的痛苦来了。

"华西亚，你能够照顾许多人，而我，在你看起来却好像没有什么意义的人一样。"

华西利莎又烦恼起来了。她徘徊在她的工作和乌奥洛查亚之间。她想，为什么乌奥洛查亚要在这个时候到她那里来呢？

她反复地对乌奥洛查亚说明。可是乌奥洛查亚仍然装着愤慨不了解的样子。

"咳，华西亚，你太冷淡了，连接吻你也忘记了。"

"乌奥洛查亚，我实在太疲倦，一点儿精神也没有了。"

华西利莎这样辩解着。

可是，乌奥洛查亚仍很愤慨。就是华西利莎自身也觉得不能再过这样的日子。久别的爱人跑到自己这里来，而自己却整天都不在家，到晚上就寝的时候才一点儿精神都没有地很疲乏地回来，哪里还想得到接吻的事！

痛心的事发生了。那是一天晚上，乌拉奇美尔想爱抚华西利莎的时候，而华西利莎却一着枕头便蒙蒙眬眬地睡着，什么也不晓得了。

第二天早上，乌拉奇美尔便嘲笑地对华西利莎说，这样整天没有空闲的人生究竟有什么兴趣呢？他虽然是笑着说，可是在他那笑声中可以看出那蕴含着的怒意，华西利莎也觉得这样很不愉快。她真的感觉得到自己的罪愆。她想，她不能爱乌奥洛查亚也是有道理的。可是，为什么她不能有人两倍的精力呢？

一天，华西利莎较平时稍早一点儿回来，而乌拉奇美尔恰正在自行准备晚餐。

"怎么了？西绡莎到哪里去了呢？"

"那贱人太贪了，讨厌得很！我把她赶走了。假使她再敢到这里来，我就推她滚下阶沿去。"

"啊！究竟做什么呢？她究竟干了什么呢？"

"我不是说过她太贪太讨厌吗？没有什么，我不会赶她走的。我现在已不想说什么话了，我说了，你也许会很兴奋。她实在是下贱的卑污的东西！我连看见那贱人的足迹也讨厌！"

华西利莎晓得乌拉奇美尔对西绡莎的激怒，所以她不再往下问了。华西利莎想，她究竟偷了什么东西呢？这是时常会发生的事。乌拉奇美尔对于他自己的东西一方面是很严格的，但他方面又很随意地把他自己的东西送给别人。真的，他有很复杂的性格。如果不经他的许可动他的东西，他决不罢休。

"那么，家事怎么办呢？"

"怎么办也好！我会到旅馆去！我这里也有朋友，就是饿死我也不乞求她！"

这事发生以后不久，西绍莎到住宅部去访问华西利莎，要求华西利莎给她答应分给她的食料。

"西绍莎，乌拉奇美尔·伊华诺委奇究竟说你什么呢？你干了什么？"

"我什么也没有干！"

西绍莎睁大发光似的眼睛把头上的梳子半插入头发说。

"那位乌拉奇美尔·伊华诺委奇先生时常调戏我，因此，我在他的脸上打了一掌，把他的嘴巴打破了，弄得他满嘴是血。那位先生大概不敢再这样了吧！"

"啊！你真笨哩！乌拉奇美尔·伊华诺委奇也许是给你开玩笑。"

华西利莎表面上勉强保持着平静，可是心里已经昏沉沉地不知怎样了。

"啊，不是开玩笑哟，他把我按到床上去！幸得我有力才把他挣开了。想把我当成一种物件来调戏那是不行的！"

华西利莎安慰她，说那不过是开玩笑。现在，伊华诺委奇对西绍莎也很愤慨。西绍莎却说不用强词夺理，无论他承认不承认也一样，她已经决意不再到华西利莎家里去了。

华西利莎的心给暗云遮蔽了。她不想责备乌奥洛查亚，她自己也不觉得怎样难过。什么都是她自己的不是，为什么她要这样冷淡对乌奥洛查亚呢？她自己也觉得实在没有工夫爱他。但是，无论如何，西绍莎的问题是愚笨的事。为什么他会挑引西绍莎呢？她刚从学校出来还是小孩一样吗？幸得西绍莎很懂事，不然，不晓得会发生什么事了。因此，这事深深地刻在华西利莎的心里。她已经晓得一切的始末了，究竟对乌拉奇美尔说明，还是对他缄默呢，她犹疑不决。

不过，那时华西利莎连和乌拉奇美尔谈话的机会也没有了。

他们的生活形式已经换过新面目了。乌拉奇美尔到旧时的工会去找访他的朋友，时常都不在家，他们几乎没有见面。早上华西利莎去住宅部的时候，乌拉奇美尔大概还在那里睡觉。白天有时回到家里也不见他的踪迹，夜深回来他也不在家里。

华利西莎觉得神经有点儿作痛。她或是一爬上床便睡觉，或是苦恼地等乌拉奇美尔回来一块儿饮茶。有时正把晚饭放在煤油炉，整理明晨的文件，又听见踏上门口阶沿上的足音。

不，那并不是乌拉奇美尔。

为了省俭，她熄了那煤油炉的火，再拿出文件来看，再看一遍报告书，分撰请愿书。又有谁在阶沿上走动的声音。是乌拉奇美尔吗？不，不是他。

因此，华西利莎便独自爬上床上去，因为疲劳，所以不一会儿便睡熟了。可是，在睡梦中她似乎又听见乌拉奇美尔的足音。她觉得乌拉奇美尔不在这里实在很寂寞，很无聊。

有时乌拉奇美尔很高兴地回来。他便温存华西利莎，爱抚华西利莎。他雄辩似的报告各种事件，提出各种计划。

这时，华西利莎便很高兴，很满足。一切忧郁的事都好像消失了一样。

可是，有时他却饮醉了回来。脚步很笨重，眼光四射，面目狰狞。有时他觉得很不好意思似的自责，有时却好像责难华西利莎说：这是什么生活？住在这囚牢似的房子里没有一点快乐，也没有一点趣味！说女人不像一位女人！真的，他们还没有孩子。这事特别使华西利莎痛心。本来她自己并不特别想要孩子，可是为了乌拉奇美尔她却想有孩子。可是这不可能。她不能怀孕。别的女子常常因孩子过多又不能节育而觉得很痛苦。可是，命运好像不与华西利莎以母亲的喜悦。

经医生的诊断，她是"贫血症"。

乌拉奇美尔因为想使华西利莎舒展一会儿，所以他去买了戏票和她去看戏。

华西利莎照从前一样的时间归来，乌拉奇美尔恰好在镜台面前转身。他穿起很漂亮的衣服，和"绅士"一样的装束。华西利莎笑着嘲笑他。他很爱那样漂亮似的。

"你穿什么东西呢？你没有星期日穿的衣服吗？"

他很关切似的问华西利莎。华西利莎笑了。什么是星期日穿的呢？在美国天天都要换衣服的习惯乌奥洛查亚已经学到了。华西利莎想穿上刚洗干净的上衣和乌拉奇美尔给她带来的鞋，那是她最漂亮的衣服。

乌拉奇美尔摆出一副很不满意的面孔，噜噜苏苏地说，使华西利莎吃了一惊。

"你以为到戏院去只有人注意你的鞋，穿着粗布的衣服就不要紧吗？"

"乌奥洛查亚！我真不明白为什么你要这样生气。"

"我们这些新社会的组织者究竟是什么贱骨头！不是太可怜了吗?！我们好像生活在监狱里一样，你看吧！一点儿乐趣也没有，家庭的美满也有没，连一件漂亮一点儿的衣服也没有！只是住在监牢似的房子里。饮着水，吃着残羹，穿着褴褛的衣服！我在美国失业时候的生活比现在还要好！"

"一下就想把什么都弄好那是办不到的！假使我们努力的结晶崩坏了那怎么办呢？"

"什么是崩坏，请不要提起它吧！在我们这些组织者看起来那究竟算什么？他们只晓得破坏，谁谈到建设的事，他们便斥骂着说，你们想做资产阶级吗？请停止吧！……他们大概是不认识所谓的生活！所以，一切都只有破坏！我如果知道要过这样的生活，我情愿不革命！"

"不过，我们是为我们自己而革命的吗？"

"如果不是，那么，为谁而革命的呢？"

"为大家而革命！"

"也为资产阶级而革命吗？"

"哎哟，你为什么说出这样蠢笨的话呢！自然不是为资产阶级哟！我们是为劳动者，为无产阶级而革命的！"

"啊！我们究竟为谁打算着什么呢？不是为劳动者吗？不是为无产阶级吗？"

他们两人这样争辩着出去，再迟一会就来不及去看戏了。他们两人走在春雪刚融解的街路上。乌拉奇美尔先行，默默地大步地走，华西利莎很困难似的跟在后面。

"喂，乌拉奇美尔！请走慢一点儿吧，我跟得连气都喘不过来了。"

乌拉奇美尔听见华西利莎的话，马上便停了步等他。后来他便缓缓地走路了，虽是这样也仍然没有对华西利莎说半句话。

在剧场里，乌拉奇美尔会见两三位朋友，他利用休憩的时间和那些朋友说话。而华西利莎只是呆呆地坐在那里。

对于戏曲她一点儿兴趣也没有！她想，为什么要这样浪费这些时间呢？明天不是要做两倍的工作吗？

大会在乌拉奇美尔出发不久以前开。他并不是代表，可是每日都列席。论争的结果，在代表们中发生了党派。乌拉奇美尔站在华西利莎那一派。乌拉奇美尔撇开了其他朋友，热心为华西利莎那派努力。因此，他们又结了不能分离的关系。两人一块出入会场，在家里互相研究他们的立场。站在华西利莎那方面的同志们也时常到华西利莎的家里来。他们起草决议案。乌拉奇美尔便用他们带来的打字机整理他们的文件。大家都很敏捷地行动，大家都很起劲地工作。有时很兴奋地论争，有时又是青年们的会和小孩子似的哈哈大笑。他们很喜欢斗争。斗争解决了他们心里的种种麻烦的问题。

斯达般·阿尔基莎委奇也出席开会，摸着他那庄重的灰色的胡子，他那柔和的活泼的眼睛看守着青年们工作。华西利莎时常和这位老人谈话。这位老头子很赞赏华西利莎，说她是女杰，可是对乌拉奇美尔却很冷淡。那使华西利莎的心里很苦恼。究竟为什么呢？而在乌拉奇美尔方面，对那老头子却时常都敬而远之。

"斯达般·阿尔基莎委奇那位老头子实在不晓得是怎样的人物！和尚似的，完全不像一位共产主义的斗士！专门拍马的东西！"

华西利莎那派失败了。不过她已得到预算以上的投票数，这也可说是战利的一端。

大会快要闭会的时候，恰好乌拉奇美尔就要出发了。因此华西利莎又不得不把身体分为两半。一方面，他要准备乌拉奇美尔出发用的东西；另方面，大会还没有闭会。

可是华西利莎的心的深处却充满着喜悦。她觉得她的爱人不仅是她唯一的恋人，而且真是她的亲友。她很夸耀她的爱人援助他们的那一派。同志们挽留他，叫他慢点儿出发。

"唉。别了。华西亚，我的华西亚！可怜我的云雀儿又要独自栖息在那檐下了，再没有谁和你共尝甘苦了！不过也好，我再不会搅扰你，以后可以专心致志你的工作了。"

"你有什么搅扰我呢？"

她拥抱着乌拉奇美尔，爱抚着乌拉奇美尔这样说。

"你不是说过我牺牲了你许多时间吗？不是翻来覆去地说过为了家政的事吗？"

"哎哟，请不要再提起这些事吧！你不在这里，就不会有这些事了。"

华西利莎的头伏在乌奥洛查亚的胸前。

"你不仅是我的恋人，而且是我真正的朋友，我时常都恋慕着你哩。"

华西利莎送乌拉奇美尔出发以后，急急地回来开会。她心里想，同住也许很幸福，可是工作方面怎么样呢？爱人住在自己的身边便要影响自己的计划，妨碍自己的工作！

现在，她才能够完全安心献身于她的工作，劳动和休息。乌拉奇美尔在这里的时候，她时常都睡眠不足。

"送他出发了吗？"

在大会席上，斯达般·阿尔基莎委奇这样问华西利莎。

"是的，乌奥洛查亚已经出发了。"

"那很好，他时常都加重担给你。"

华西利莎吃了一惊。为什么斯达般·阿尔基莎委奇晓得这事呢？那时，华西利莎没有答什么。假使她肯定地答复了，那乌拉奇美尔就要完全丢脸了！

六

火车明朝就到目的地了。华西利莎随着晨光的放射醒来。她赶快收拾她的行李，整理她的行装，穿好她的衣裳，为了要使她的爱人乌奥洛查亚高兴。过去七个月间的分居生活使他们两人都很痛苦。

但是现在的华西利莎已经充满着幸福、喜悦和快乐。就在空气之中她也觉得有春天的气象。

那位 NAP 女还仰卧在床上对着镜子。华西利莎已经洗好了脸，理好了她的卷发，穿好格尔西亚给她做的新衣了。她在车厢内的壁镜上照着她自己的姿态：特别注意她的眼睛，她的眼瞳非常活泼有生气，因此觉得全身都很漂亮。

啊！现在好了！这次大概连乌奥洛查亚也不会说褴褛了！

快到车站了。华西利莎望着窗外。还是早上，朝阳放射着光芒。华西利莎住在北方，连春到来了也不晓得，到南方这里，一切都已充满着春的气象了。草树的梢头，百花竞放。华西利莎觉得有些树是从来没有见过非常不可思议的。那些和黑杨的叶一样，很纤细的叶，枝头开满紫丁香花似的树。那些花的浓郁的甜美的香气流入窗里来。

"那是什么树呢？我乡里没有那样的树。"

华西利莎问那走过的车掌。

"白'阿加西亚'花。"

"白'阿加西亚'花吗？很好看哩！"

车掌折了一两枝那个白"阿加西亚"花给华西利莎。

那是怎样的香啊！华西利莎欢喜到几乎眼泪都要掉下来了。恍惚她的周围，比什么都更美丽！不过在华西利莎的心里，并没有忘记"再过一点钟就要和乌奥洛查亚会面了"这件重要的事。

"快要到车站了吧？"

华西利莎又问那位车掌。她觉得那火车好像完全不动了。火车停在待避线上，等迎面来的火车过去，不久再开动。

不久，看见市区了，看见教堂的屋顶，看见兵房的影，看见郊外的田地了，停在车站的月台边了。乌奥洛查亚在哪里呢？究竟在哪里呢？

华西利莎从车窗上伸出头来，东张西望。可是乌奥洛查亚却从她所看的相反的升降口走来，一手拉住华西利莎抱住她。

"啊！乌奥洛查亚！不怕吓死人吗？"

热烈地接吻。

"请快点把你的行李交给我吧。这位是我的秘书。伊凡·伊华诺委奇，把那行李拿去吧。我们坐汽车回去。喂，华西利莎，我已有两匹马、一头牛和一部汽车了。现在，我还想养猪，因为有很好的农场和很多地方。你就是领主的太太，什么都很好了，再在莫斯科设一个支店。"

乌奥洛查亚继续着说。他这样地说着想赶快说明他的现状。汽车虽振动着，可是华西利莎却静静地听着他说话。不用说，她倾耳听着他说这些话，听得很有趣味。她心里蕴藏着两种心事，她想把她自己的生活告诉他，又想晓得乌拉奇美尔和她别后的生活。他真的还恋慕着她吗？他是恋慕她期待她吗？

不久，汽车到家门了，那是很适合于一个家族住的家园。那穿着制服的青年侍者站在大门边。他停了车，接他俩下来。

"华西亚！请看看我们的家庭吧！和那屋角落里囚牢似的房子比比看怎么样。"

阶级上铺着地毡，华西利莎看见有镜台、招待室这些东西。她脱去了帽子，除去了外套。两人走进房里去。有梳发和绒毡，饭厅里的大时钟和几幅金边的静物画挂在壁间的鹿角上。

"怎么样？好吧，华西亚？"

乌拉奇美尔夸耀似地问。

"很好！"

华西利莎周围望了一望，不知怎样答。她心里觉得好，还是不好呢，连她自己也不晓得。这是一切都没有见过的第二个世界。

"这个便是我们的寝室。"

乌拉奇美尔一面这样说着一面打开那个房门。那房子有两扇窗，可以望见下面的庭园。华西利莎回视了一遍，觉得很好。

"啊！树呀！又是白'阿加西亚'树！"

她很喜欢地叫了出来，走到窗前去。

"请先看看家里的情形，再到庭园里去走一趟吧！这些都是为你准备的，漂亮吧？通通都是经过我选择的。自搬到这里后，我就很焦急地等着你来。"

"啊，谢谢，乌奥洛查亚！"

华西利莎站直了想和乌奥洛查亚接吻。可是乌奥洛查亚好像没有注意到一样，把手攀在她的背上拉她过来对着洋服衣柜的立镜。

"你看，方便吧？你穿衣服的时候，从头至脚都可以在这镜中照见了。这衣柜里分了许多格，你的衣服、你的帽子和其他什么东西都可以放进那里去……"

"可是，你以为我有多少帽子和那些衣物呢？你对于这些琐事实在想得周到。"

华西利莎笑着这样说。可是乌拉奇美尔却不停地继续着说。

"请看这张床吧！绸被，我费了很大的工夫才找到的。这些都是我的，分配来的自然没有这样的东西。还有，那是晚上用的红电灯。"

乌拉奇美尔把华西利莎在家里带来带去，小孩似的跳上跳下，虽是没有什么要紧的东西也一一加以说明。

"我为了我的小小的爱人，经营这可爱的住宅。"

华西利莎看见乌拉奇美尔很高兴似的，她也微笑地听着他说话，可是她的心里却一点儿也不平静。房子自然非常漂亮，非常堂皇。这是不能否定的，有绒毡，有窗帷，又有镜架等。可是这又有什么意思！华西利莎觉得她好像给人家推进别人的家里一样。这些东西，在华西利莎大部分都是不必要的！而她想放她自己的书，整理她的文件的台子都没有。虽是这样，可是她最喜欢的，却是从窗口望出去可以看见庭园里的白"阿加西亚"花。

"请洗脸吃早饭吧。"

乌奥洛查亚这样说着走到窗前把窗帷放下来。

"为什么要放下来呢？把它打开，看见外面的风景不更好些吗？"

"可是，那不行，白天不能打开窗帷，太阳会把那些家私晒坏。"

放下了灰色的窗帷，那好像大眼睑一样，从窗口遮去庭园的绿荫。这房子变成了另间房子似的只是单调的灰色。华西利莎洗了手后才在镜前梳理头发。

"这衣服是怎么样的？是我送给你的布做的吗？"

"是的，这是……"

华西利莎这样回答，期待着乌拉奇美尔的赞赏，望着他。

"怎样？你看吧。"

乌拉奇美尔谛看着华西利莎。华西利莎发现乌拉奇美尔有不满的表情。

"在那腰间扎了许多扎究竟是什么意思呢？你的身体这样苗条，正是适合现在流行的时装，为什么你要做这样奇妙的服装呢？"

华西利莎惶惑起来了，脸一直红到发脚跟，觉得真没办法。

"奇妙的服装？可是格尔西亚却说这是现在流行的时装。"

"格尔西亚晓得什么？不是特意把布弄坏了吗？真像和尚太太穿的衣服。请脱掉那件衣服换上平常穿的衣服吧，那还好看一点儿。这件衫实在太难看了！"

乌拉奇美尔没有注意到华西利莎眼中失望的神情，便走出饭厅去整备吃早饭。

华西利莎心里很难过地脱去格尔西亚做的衣服，换上从前平常穿的有皮带的衣服。

华西利莎一点儿喜悦也没有了。小小的泪珠一滴一滴地滴在换上的平常穿的衣服上。但是不久，这眼泪就干了，而华西利莎的眼里仍然存着不愉快的冷漠。

他们吃早饭的时候，"经理家里的女用人"便走来招呼。她名叫马利亚·莎美约诺维娜，一位康健的整齐的中年妇人。华西利莎马上起来和她握手。

"不用握手好了。"

乌拉奇美尔看见马利亚·莎美约诺维娜走出去后对华西利莎那样说。

"不摆出主妇的架子，会给她们轻视，使不动她们的。"

华西利莎听见乌拉奇美尔这样说，吃了一惊，望着他说："这些我倒不晓得。"

餐中，乌拉奇美尔吃了这些又吃那些，而华西利莎却一点儿都吞咽不下，不知怎的心里很不好过。

"喂，你看，这桌布是'莫洛索夫'竹纱做的，那餐巾也是。如拿到外面去洗价钱很贵，所以我们这里不拿出去。"

"究竟从哪里得来的呢？真的通通都是你自己买的吗？"

华西利莎问他说。

"真奇怪得很！你以为这些家私究竟怎么来的呢？要几百几千万卢布哩！你以为一位经理的薪水能买这许多家私吗？通通都是分配来的。恰好遇着好运，又得朋友们的援助，所以能够得到这些家私。像现在这样，谁也不能买这样的家私，但如以现金支付却当别论。不过，冬间我自己也曾买了两三种家具，如寝室中有镜台的洋服柜、绸被褥、客厅里的电灯……"

乌拉奇美尔很愉快满足似的继续说明各种物品。

在华西利莎的两只眼睛里，越发冷淡起来，而且表现一种愤怒的光芒。她的眼睛已经不是鸢色，而是透出猫瞳似的绿光了。

"那么，买起这些漂亮的家私究竟要多少钱呢?"

华西利莎微带愤怒地问他。而乌拉奇美尔因顾着吃佳肴饮美酒没有注意到她的声音。

会使华西利莎很惊诧似的，乌拉奇美尔慢慢地说出很多的金额。而仍含笑对着华西利莎说："怎样?我也觉得太多了。……华西亚，你以为如何呢?"

她愤怒地圆睁着绿色的眼睛站在他的面前。

"哪里得来的那些钱呢?你即刻说，哪里?"

"做什么?华西亚，请静一点儿吧。难道你以为我从事什么不正当的事得来的钱吗?你晓得金钱的兑价吧?你试把我的薪俸和那些金额比比看。"

乌奥洛查亚这样说明自己的薪俸和赏与的数目。

"那就是月俸吗?是吧?如是这样要毫无意义地白费这许多钱，还说是什么共产主义者?你没有看见在我那里的穷人日益增加，那些为穷困与饥饿所困迫的人日益加多吗?失业群不是随处都是吗?你忘记了吗?难道你做了经理就不同了吗?喂，经理先生，怎么了?!"

华西利莎圆睁着放绿光的眼睛望着乌拉奇美尔的近旁。乌拉奇美尔想竭力说服华西利莎，使她安心。他对于华西利莎的愤怒笑着辩解说：

"你完全和云雀一样，不晓得用钱的方法。有许多人领了更多的月俸，过着和我们不同的生活，这些人们都是非常阔气的。"

可是，华西利莎始终不肯退让，她非要乌拉奇美尔明快地答复不可。为什么要过不像共产主义者一样的生活呢？贫困和饥饿围绕着自己的周围，为什么要毫无意义地浪费这些金钱呢？

乌拉奇美尔知道无论如何也说不服华西利莎了，非想其他办法不可。先用政治的说明试试看吧。说这是他的使命的一部分，根据本部的训令的。乌拉奇美尔的主要的使命是扩大他所经营的事业，增加那事业的收入。他以为这样说是最有握把的。总之，请她看看他一年来的成绩吧。他在荒漠之上独力建设一切，增加其创设的产业的生产，几乎那生产托拉斯的全部都要靠他经营。他说这是要华西利莎亲眼看看的，纵使现在他稍为过了一点儿"人的生活"，他也时常顾到他的事业中的一切职员以至最下级的发送员。如果华西利莎直接观察了这些，她自身也一定不会那样想的，可是现在连他的朋友，他的爱妻，他的同志华西利莎也和他的敌人一样反对他了，这实在是他没有意料到的。乌拉奇美尔如再这样地继续工作下去实在很痛苦。他竭全力为主义而奋斗而其报酬却只是这些，连他的爱妻也反对他，责难他。

乌拉奇美尔非常愤怒。他的眼睛好像狂暴的凶狠，会迸出火花来似的望着疑惑和非难的华西利莎。

华西利莎倾耳听着乌拉奇美尔说话。他所说的也许是不错的。现在，他既和以前完全不同了，最重要的是乌拉奇美尔的会计已弄得很清楚，很忠实地进行他的工作。国富已经增进了。对此，她是没有什么异议的。

"是因为有了这些东西不好呢，还是因为有了家庭不好呢？难道我一生都要住在公共住宅里吗？为什么我们一定要过美国工人的生活呢？看看他们是怎样地生活吧，他们不是有钢琴，有福特汽车，有摩托单车吗？"

他们两人正这样争论时，马利亚·莎美约诺维娜两三次偷看入饭厅。她想拿烤肉出去，那两位主人却从今早会面后一直吵到现在。和革命前她在所谓"体面的绅士"们家里做女仆时的情形一样，现在的主人们——共产主义者们也是一样。只是盘子里盛着的烤肉倒霉了，经过这么久的时间会不好吃吗？

饭后，乌拉奇美尔带华西利莎到事务所去，到仓库去，到住宅去参观。又到会计部去参观。

"请你看看这个簿记吧。无论哪里也没有这样的方法，这些都是我的手迹。好吧？难道这样你还要说我浪费吗？"

乌拉奇美尔这样说着，为华西利莎说明这簿记部的人现在这里所用的最简便最正确的簿记方法。那种方法已很得本部的特别赞赏。

华西利莎热心地倾听着。她虽然不能完全了解这事的一切，可是在这事业中服务的人们的热心工作和大家都爱他们的工作这一点却是可以了解的。乌拉奇美尔以全身心致力于这事业，乌拉奇美尔特别带华西利莎到职员们的住宅那里去，问问那里的主妇们满足不满足。发着这样的质问的乌拉奇美尔很夸耀似的望着华西利莎。一切答案几乎完全相同。

"说满足不满足吗？现在这样的时候，我们再不能有更奢的希望了，真的，乌拉奇美尔·伊华诺委奇先生，我们真是沾你的光了！"

"像这样我也还是一位浪费的人吗？无论如何我时常都是先为那些职员们打算的。我尽可能地能够给他们的就给他们，然后才想到我自己。你现在看见的，体力劳动者和事务员在生活上一点儿区别也没有。我特别为他们努力，真的，现在我几乎都竭力为他们打算。"

"那么很好。不过那些职员们究竟是什么东西呢？现在他们究竟干什么事的呢？"

"华西亚，你真想得妙！现在他们和我们不是站在同一利害之上的吗？是吧？以前不用说，经理站在一边，劳动者又站在另外一边，利害是不同的。但现在，最少在这里完全不会这样。你所想的不是一点儿也不对吗？"

乌拉奇美尔自然不过在那里说笑。可是华西利莎却觉得他不很高兴，心里不大好过。乌拉奇美尔整天带华西利莎在他的工厂里东跑西跑。她疲乏极了，觉得额上作痛，胸旁作痛，背上又作痛了。如果能够快点儿回家，她马上便要到床上睡去。她的脑筋里，好像还有火车的车轮的声音萦绕着一样。那天晚上，又有客来乌拉奇美尔家晚餐，华西利莎不能不出来相陪。

他们两人刚刚回到家里踏上门槛。侍仆开了大门站在那里好像等待着差遣。乌拉奇美尔看见那侍仆，便在衣袋里拿出一本小册，写了一点什么将纸片交给那侍仆。

"华西亚，快点儿走吧。有什么回话直接交到我这里来。懂得吧？"

说完这话他好像很难过，不可思议地看着华西利莎。

"什么事，华西亚？为什么这样看着我？"

乌拉奇美尔不知怎地，嗫嚅着说。

"什么也没有，难道那位仆人的名字也叫作华西亚吗？"

"是的，一家里有两位华西亚不好吗？那有什么！那位华西亚不会吃醋的，你可以不用担心。像你这样的华西亚在这世界上只有你一个人。"

他这样地说着，静静地抱起华西利莎，看着她的眼睛接吻。这是那天乌拉奇美尔对她最初的爱抚。两人手牵着手走进寝室去。

请来晚餐的客人都到了。那是名叫沙威里埃夫的男子和乌拉奇美尔的秘书伊凡·伊华诺委奇两人。沙威里埃夫是一位背脊很高身体很瘦长的男子，穿着薄鼠色的洋服。他那稀疏的头发梳得很整齐，食指上佩着刻了印章的指环。照他的眼睛看起来，说是聪明不如说他是狡猾。他那无髯的面上现出一种很轻佻的微笑。华西利莎觉得他的神气好像找寻着什么，只要于他个人有利就什么都好。

他和华西利莎见面，就拿着她的手放到嘴边去。华西利莎吃了一惊，即刻把手缩回来。

"我不惯这样的。"

"是吗？但在我看起来，吻年轻妇人的手，那是很平常的。夫人，不要紧，就是贵主人也不会有什么芥蒂的。乌拉奇美尔·伊华诺委奇先生，你说，你不介意吧？"

他一面这样说着，一面拍着乌拉奇美尔的背。乌奥洛查亚只是格格地笑。

"华西亚是模范的太太，不必介意的。"

"不过你恐怕很不一样吧？"

沙威里埃夫看着乌拉奇美尔说。乌拉奇美尔这时忽然睁大他的眼睛很仓皇似的。

"我有什么不同……"

他还没有说完，沙威里埃夫便抢着说：

"晓得了，晓得了！结了婚的男子们的心理我是晓得的，因为我自己也是过来人，虽然现在是独身。"

华西利莎不满意沙威里埃夫，真的，她憎恶他。可是乌拉奇美尔和这位男子却好像亲友似的交谈着，说了许多关于事业和政治的话。华西利莎一点儿也不想和这位"投机商人"谈政治，也不想和他一齐笑那执行委员长。她想竭力劝乌拉奇美尔不要和这位男子交际。

晚餐的时候，有葡萄酒拿出来。那是秘书伊凡·伊华诺委奇带来的。乌拉奇美尔和客人都关心着就要到来的大批货物，说恐怕来不及到街上去了。

华西利莎谛听着想明了这些话的意义。这不是什么特别重大的事，好像隐瞒着什么其他重要问题似的，使华西利莎头痛烦恼，连眼睛都作痛。她只觉得快点儿吃完饭就好了。

乌拉奇美尔还没吃完饭便叫预备汽车，说关于货物的问题他要出席重要会议。

"今天你也去开会吗？尊夫人不是才来吗？今天住在一块吧，不要紧的，乌拉奇美尔·伊华诺委奇先生。"

沙威里埃夫露着阴险的笑脸说。

"不行的。"

乌拉奇美尔这样说，点火吸烟。他说："能够住在家里自然是住在家里好的，可是为了工作的问题却不能不去。"

"一切事物都有表里两面。"

沙威里埃夫又这样说，对乌拉奇美尔使个眼色，嘲讽似的笑着。华西利莎觉得他真是讨厌的投机家！

"如果我在你的地位，无论如何，今天晚上我一定不出去，陪你在家里，什么事都不管。"

乌拉奇美尔不答她，很忙似的拿起了他的帽子便走。

"喂，尼卡诺尔·普拉特委奇先生，去吧。"

伊凡·伊华诺委奇也一块儿坐汽车出去了。只留华西利莎一个人在这家里。她独自一个人寂寞地从这间房间走到那间房间。她站在窗旁，随后便躺在寝台的绸被上睡了。

华西利莎醒来已经很暗，点起灯，看时钟已过十二点十五分了。怎样就睡了呢？已过夜半了，乌奥洛查亚还没有回来。

华西利莎站起来，洗了脸，走进饭厅去。

拿了灯火进去，食膳已经预备好了。饭厅里静静的，一个人影都没有，其他房间也非常阴暗。走进厨房去，在那里看见女仆马利亚·莎美约诺维娜正在那里整理杂物。

"乌拉奇美尔·伊华诺委奇还没有回来吗？"

"没有，还没有回来。"

"他时常去开会都是这样迟才回来的吗？"

"嗯，有时才是这样的。"

莎美约诺维娜老是这样很少说话。

"那么你时常都不睡觉等他回来的吗?"

"我和华西亚轮流等他的。今天是她,明天就是我。"

"乌拉奇美尔回来的时候时常都要吃东西的吗?"

"是的,如有客人一块同来,就要吃东西,如没有客人就去睡觉。"

华西利莎沉默地站在那里,看见马利亚·莎美约诺维娜只是收拾东西,什么也不管。

华西利莎再回到寝室去,打开窗门来。那是清爽幽静的春宵,充满"阿加西亚"花的浓郁的香气。青蛙叫出很高的奇妙的声音,起初,华西利莎还以为是夜莺的鸣声。

在无月的太空中,繁星灿烂着。望着黑暗的庭园的华西利莎,睁开眼睛仰看太空和繁星。这时,她的心已经渐渐轻松下来了。那位投机家沙威里埃夫的事和乌奥洛查亚今天使她烦恼的事都忘记了。她觉得应该引导她的爱人、援助她的爱人乌奥洛查亚。他要和那些 NAP 们交游,假使不特别注意那一定会弄糟的。因为乌拉奇美尔不是叫她是他的朋友他的夫人吗?

华西利莎心里很夸奖乌拉奇美尔这样处理一切事件。他不是什么都很超群吗?现在,她静静地想起来,一切都觉得变化了。一切都比白天更明了,更能够理解,有点儿愉快了。

华西利莎独自一个人在那里这样想,乌拉奇美尔的汽车回来了,他走上绒毡走到她的身边她一点儿也不晓得。听见乌拉奇美尔的声音,她吓了一跳。

"可爱的我的华西亚,我们究竟想怎么样呢?"

乌拉奇美尔这样说,望着华西利莎,在她的眼睛里充满着恋爱的神情。

"啊，你回来了？等了很久哩！"

华西利莎用两手抱着他的颈项。

乌拉奇美尔抱起华西利莎，他们两人好像初恋一样，抱着他的爱儿似的在房里绕行了一周。

华西利莎再愉快不过了。乌拉奇美尔还爱她，比以前更爱她！为什么她这样愚笨呢？为什么昼间要这样自寻烦恼呢？

两人一块饮茶，絮谈情话。华西利莎说出他对于沙威里埃夫那个男子的意见。"不要和那样的人周旋吧！"她说。

乌拉奇美尔也不否定她那种意见。就是他自己也说一点儿也不尊敬沙威里埃夫。可是沙威里埃夫那厮却有很宝贵的什么东西，现在的事业，特别要靠他才能发达。他以前曾夤缘得到商人们的绝大的信用，要他才能和商人们联络。乌拉奇美尔说就是他自己也向沙威里埃夫领教了不少。不客气地说，他自然不是很有价值的人物，因为他是一位纯粹的资产阶级。但在事业上，他却是不可缺少的人。因此，最高官吏——乌拉奇美尔所谓"超人的狡猾者"——要捕缚沙威里埃夫的时候，乌拉奇美尔也要为他辩护。他说他在莫斯科也大受尊敬，这地方的官宪为了他的问题也曾丢过脸。

"可是，你不是在那一封信上说过，那个男子不正直吗？"

"这事你真不明白了。现在那个男子是我们的事业的代表。为了我们自然不能忘记那位男子。和别的许多人比较起来，他不怎样特别坏。他专心致志于他的工作，比别的许多人并不特别懒。他很热心于他的事务，而且很爱他的事务。"

最后乌拉奇美尔和华西利莎约定，此后竭力减少和沙威里埃夫会面。做生意就做生意，并不要什么朋友的关系。

饮茶以后，两人手牵着手走进寝室去。乌拉奇美尔把华西利莎的头放在他的胸前，吻她的头发，很温柔地感叹着：

"可爱的小头！这个头呀一生都是我的。华西亚，像你这样的朋友，在这世上真没有第二位。真的我只爱我的活泼的华西亚一个人！"

第二天早上，华西利莎醒得很迟。乌拉奇美尔已经出去工作很久了。

不知怎的很不舒服。胸旁觉得有点儿疼痛，身上发热，微咳嗽。也许在旅行中受了风寒吧？那是美丽的春日，华西利莎还把肩披蒙着头，连动也不想动，还不想离开床。马利亚·莎美约诺维娜走进房里来，站在房门口，叉着两手，好像等待什么吩咐似的望着华西利莎。

"早安，马利亚·莎美约诺维娜！"

"早安！"

莎美约诺维娜很枯燥地这样答。

"晚饭吃什么东西呢？乌拉奇美尔·伊华诺委奇先生出去的时候叫我弄点你喜欢吃的东西。今天晚上又有客人在这里吃饭。"

华西利莎不知所措，不晓得要预备什么菜才好。在公共住宅那里，她已经吃惯那些分配来的食物。

对于这事，她一点儿也不懂，只是听马利亚·莎美约诺维娜说出许多菜名来。华西利莎说样样都好，可是她太节俭惯了，问那些菜的价钱。"那不太贵吗？"马利亚·莎美约诺维娜一听见这句问话便闭起嘴来了。

"那自然呵！要吃好的东西就不能节俭。因为共产主义者已经不分配食料了，没有钱就什么也没有。"

"那么，你有钱吗？"

"昨天剩下的一点儿，我想不够办今天的晚餐了。肉又这样贵，牛油又不得不买。"

"乌奥洛查亚没有留下钱吗？"

"没有，什么也没有。他只是说，什么事都和华西利莎·德孟查维娜太太商量好了，他便出去。"

怎么办呢？马利亚·莎美约诺维娜站在那里向她要钱，一动也不动。华西利莎自然还有点儿钱，可是她晓得一拿出去就一文都没有了。这于她是很不方便的。

"那么，请你先借出钱来，等乌拉奇美尔·伊华诺委奇回来的时候再还你好吧？"

华西利莎这样说。

"好的。我一点儿也没有想到这样。"

问题就这样解决了。

马利亚·莎美约诺维娜走后，华西利莎就到庭园中去。从这条小路到那条小路，很疲倦了还在那里继续散步。回到房里后，很疲乏地躺下，打开书来看，不知不觉就睡了。

华西利莎还是睡在床上。她的双颊好像火烧着似的，睡觉时做着很阴惨的烦恼的梦。华西利莎惊醒了，很不高兴地四面望了一望。为什么不到街上去看看景色，要把这个时间睡过了呢？难道到乌奥洛查亚这里来患病的吗？这样低头冥想着，闭了眼睛，种种妄想又错综在她的心头，完全不能再睡了，想睡也蒙蒙眬眬地不能睡，完全失了意识。

"华西利莎·德孟查维娜太太，乌拉奇美尔·伊华诺委奇先生就要回来了。请换过衣服，让我整理床褥吧。因为伊华诺委奇先生是不喜欢房内凌乱的。"

马利亚·莎美约诺维娜看见华西利莎穿那很旧的有了补缝的衣服。

"什么时候了？很迟了吗？"

"是的，快要五点了。你又还没有吃早饭。本来我想叫你起来的，可是看你睡得很舒服，所以我又不敢叫了。许是因为旅行的原因，你还以为在旅行中吧。"

"许是因为旅行的缘故，伤了风寒吧，我觉得很冷。"

"你要换过一件皮衣来穿才暖和了，光是穿这样的衣服熬不住的。"

"可是，我的衣服做得不太合式，他不高兴那件衫。"

"咳，你！那并不是怎样不合式，不过腰间有点扎褶不大好看罢了。现在，大家都是……我从前也做过裁缝的，所以关于衣服的款式我也知道一点。你的衣服只要把裙改一改就好了，不要给乌拉奇美尔·伊华诺委奇先生晓得，让我替你改一改吧。"

"在晚饭以前能够改好吗？"

"这恐怕办不到，我想。好的，不要忙吧，有空的时候再给你改好了。现在，穿上一条黑裙，配那上衣，便很合时了。"

华西利莎从来没有费过那样长的时间对着镜子。马利亚·莎美约诺维娜道长道短，这里修改一下，那里修改一下。用定针定着，然后长长地缝好。她又不晓得在哪里找到了一条花边颈饰，配起来非常好看，清雅而高尚。华西利莎自身也很满意。乌奥洛查亚看见了会说什么呢？

她刚装扮好，乌拉奇美尔和客人也一块回来了。客人是国家保安局的官吏和他的夫人。那位官吏的下颌长着针一样尖的胡髭，穿着潇洒的服装，软皮的长靴套上他的膝盖。而这样他还自称是共产主义者！

华西利莎不很满意这位男子，和那位穿着卖淫妇的服装一样的他的太太。那位太太穿着很薄的呢衫、白鞋，披着皮毛的肩披。在她的手指上还佩着几个指环，闪闪地发光。乌拉奇美尔吻那位太太的手，在那里谈笑。他们说些什么呢？华西利莎一点儿也不晓得。总之都是没有多大意义的话。乌拉奇美尔好像很奉承那位太太似的，眼睛对望着。

华西利莎坐在那位国家保安局官吏的邻座。她虽然晓得这位先生是所谓共产主义者，可是她不晓得要对他说什么话才好。

又饮葡萄酒。乌拉奇美尔和那位太太碰酒杯。那位太太又不知和乌拉奇美尔说些什么，两人在那里大笑。华西利莎看见这个样子实在很难过。而乌拉奇美尔却完全没有注意到华西利莎。她对于他好像完全没有关系的人一样。气煞了！华西利莎很不高兴。

在谈笑中又谈到宗教上的绝食修养的话。那位太太说她是一位教徒，曾忏悔过，可是没有绝食修养过。说些什么话呢？国家保安局的同志和一位教徒结婚吗？华西利莎实在觉得很痛苦。刚刚吃罢晚饭，伊凡·伊华诺委奇来了，说沙威里埃夫买了包厢票，请大家去看戏。

"大家都去吧？华西亚？"

乌奥洛查亚这样问她。

"和沙威里埃夫一块吗？"

华西利莎的眼睛里好像含着这个意思问乌奥洛查亚。可是，他好像装着不晓得。

"不用说，尼卡诺尔·普拉特委奇也在一块的。大家都一块儿去。很有趣的新歌喜剧哩！"

"我不去。"

"咦？为什么呢？"

"我的身体不大舒服，许在旅行中受了点儿风寒。"

乌奥洛查亚看着她的脸：

"真的，华西亚，你的脸色不大好，眼睛也陷落了。把手给我看看吧，热得很哩。这不行，我也不去看戏了。"

"为什么呢？去吧！"

客人们也叫乌奥洛查亚一块儿去，终于他答应去了。

走出门口，虽然有客人在那里，乌拉奇美尔也不管，抱起华西利莎在她的耳边说。

"华西亚，你今天特别漂亮了哩！"

乌拉奇美尔吩咐马利亚·莎美约诺维娜特别服侍华西利莎。

"请快点儿睡吧，华西亚。我一会就回来，戏不看完就回来。"

说完这话，大家坐汽车走了。

华西利莎很寂寞地从这间房间走到那间房间。

她真讨厌这样的生活了。讨厌什么呢连她自己也不晓得。在她看起来一切都好像是新的奇怪的东西。她在这里完全是一位生疏的人，谁也没有注意她。不用说，乌拉奇美尔也许还爱她的，不是连他自己他都弄不清楚吗？他只是拥抱她吻她以后便出去了。因为赴会或因为工作出去，那还有可说，可是，现在不是因为看戏而出去的吗？为什么要放下她一个人在家里而出去呢？冬天不是已经看够戏了吗？华西利莎觉得周围的事都使她痛苦。为什么呢，连她自己也说不出来。她很痛苦，这是不错的。

"只在这里住一个星期，看看乌奥洛查亚怎么样，马上便回去吧。"

华西利莎下了这个决心。

虽是这样，可是，路途是有很多荆棘的。说要回去，华西利莎究竟回到哪里去呢？回到公共住宅去吗？但是，那屋角落里的房子已经没有了，早已给她的朋友格尔西亚女裁缝住着了。而费托莎埃夫夫妇也一定还住在那里。又听说公共住宅快要发生麻烦的问题了。如果回去，华西利莎已有曾为大家奋斗过一次的觉悟。如果要她再行应战，她已经觉得精疲力竭了。而且现在对于经营她的住宅的计划已经完全失掉确信了，这是最重要的一点。

不，不，那里已经不能安插她自己了。

华西利莎这样一想，她的心更加沉重。她觉得，她的心好像给利刃刺着一样。

华西利莎觉得很冷，打着寒战把两手插进袖筒里去。她在黑暗的空房里走来走去。这阴郁的家庭，在华西利莎看起来，好像会发生什么悲剧一样。在什么地方潜伏着凶事吧！还是前兆呢？

共产主义者不是不相信前兆的吗？但是总好像有什么东西潜伏

着一样。不然，为什么会这样悲伤呢？那不知胡底的无益的悲伤究竟是为什么呢？

七

乌拉奇美尔照着约定的时间很早就回来。华西利莎已经睡在床上了。他坐在华西利莎的旁边，问她的身体如何。乌拉奇美尔说着话，他那沉痛的悲伤的神情使华西利莎惶惑起来，他那眼睛好像表示着他心里的痛苦。

"做什么？乌奥洛查亚，你很沉郁哩！"

乌奥洛查亚把他的头枕在她的枕上，很颓伤似的说：

"唉，华西亚。人生真不是蔷薇的花园，愿你了解我是怎样的痛苦吧。你只见我生活的半面，还不能了解我生活的全部。假如你能够完全明白我的心，那你就会晓得我在冬间是怎样的痛苦，恐怕你也再不会怪我，你也许会可怜我。因为，咳，华西亚，你是我的亲友！"

华西利莎安慰他的心，爱抚他的头。她虽然是这样地哀怜乌奥洛查亚，可是她的心里仍然充满着喜悦。她觉得，他们两人真是抱着同样的思想、同样的痛苦。华西利莎安慰乌拉奇美尔说，以无产阶级来过经理的生活大概是很不容易的。

虽是这样，乌拉奇美尔仍然很冷寂似的抚摸她的头。

"不，华西亚，不光是这样，此外还有些问题使我痛苦，扰乱我平静的心。"

"难道大家又挖苦你了吗？"

乌拉奇美尔又继续沉默着，想说什么又没有决心说出来似的。

华西利莎两手攀住他的两肩催他说：

"乌奥洛查亚！究竟是什么？请说出来看看有法子可想没有吧。"

她把她的头伏在乌拉奇美尔的肩上。

"啊，很香的香水哩！你几时洒过香水的？"

华西利莎抬头望着他说。

"香水？"

乌奥洛查亚很不好意思，身体微退后了一点儿。

"大概是剃须的时候理发师傅给我洒上去的。"

乌拉奇美尔说完这话便站起来，点着香烟静静地很注意地离开华西利莎。他说，他在那天晚上要看很多文件。

华西利莎有点儿咳嗽。身体还不很好，发热似的胸旁还觉得疼痛。在乌拉奇美尔面前她想忍着，不想让他晓得，可是他终于晓得了。她咳着好像很辛苦，乌拉奇美尔便在客厅里的沙发上过夜。

一天一天地过去。忧郁的日子好像继续着。华西利莎什么也没有做，有时只打理一点儿家里的事。乌拉奇美尔也想竭力节俭，可是，他是抱着"应该用时便要用"的主义的人。华西利莎自己所积蓄的一点儿钱都因为家里的琐费用完了。她听见乌拉奇美尔说"真连零用钱都用完了吗？为了你们是多多都不够用的"，很不高兴。

这样的口气好像说华西利莎招了许多朋友来很浪费地款待了他们一样！虽是这样，可是华西利莎并不怪乌奥洛查亚。因为除这事以外他还非常地关心华西利莎。

乌拉奇美尔很关心华西利莎的病，叫了医生来诊治。诊断的结果说身体已很衰弱，右肺也不大健康了，应竭力施行日光浴，摄取营养料。此后乌拉奇美尔便时常都注意华西利莎是否遵守医生的话，又叫马利亚·莎美约诺维娜注意规则地给华西利莎以食物。乌拉奇美尔买了"谷古" Cocoa[1] 回来，把可以日光浴的长椅子搬出庭园。他真是非常关心华西利莎的身体。

他一回到家里便马上跑到华西利莎那里去。当时，乌拉奇美尔非常忙碌，两人也很少有见面的机会。恰好那时正开市，他的事务正是忙碌的时候。乌拉奇美尔不知怎的似乎很担心，很沉闷，很难堪。

华西利莎蜥蜴似的躺在草地上的长椅上行日光浴。晒了这边，又晒那边，这样地晒来晒去，不久她便晒成黑女一样了。这样的生活她真觉得是很奇怪的生活，没有一点儿工作，也没有一点儿担心，也没有一点儿快乐，好像梦一样的生活。在这样的情形之中，她的心里常常想："快些从梦中醒来回到公共住宅去吧。"华西利莎再想起以前的住宅部，再想起斯达般·阿尔基莎委奇和格尔西亚这些同志们。有时，费托莎埃夫夫妇也浮现在她的脑膜上。不用说，那是很痛苦的生活，但是最少也比现在的生活幸福吧？

有一天华西利莎等待着乌拉奇美尔归来。那天，他约定特别早一点儿回来。华西利莎今天想开诚布公地给乌拉奇美尔说些心腹话。可是这样的期待终于无结果地过去了，一日一日地过去，他们两人还是没有密谈的机会。随时都有客人，或是有什么急事。

沙威里埃夫和以前面熟的朋友们已没有来访问乌奥洛查亚了。

---

[1] 指可可粉。——编者

来访他的人只是监理部的人们，这些人们在华西利莎看起来是很煞风景的。他们的谈话，都是说些什么委托货物、什么起货落货、什么包装、什么送货单、什么价钱、什么贩卖的话。

不用说，华西利莎也很晓得在现在的国家内这些事是必不可缺的，她也晓得一国的国民经济如果商品不能流通就不能建设，可是光是听着这些话，她却觉得讨厌。

她把话头转到党的事情、布哈林的论文、德国共产主义运动的报告这些事上去，可是他们听了一会儿又马上说到货物、委托货物、总收入和纯利这些他们特有的话题上去了。

乌拉奇美尔不仅不讨厌这些话，而且还觉得他们的话很有趣味。乌拉奇美尔和他们谈论，而且还倾听他们的助言。在这些客人中乌拉奇美尔是很高兴的，但在他们走了，只他和华西利莎两人在一块的时候，他又完全消沉了。他很不高兴似的叹着气，爱抚着华西利莎的手望着她。假使他不必乞助于华西利莎，他便不会特别不平的。究竟什么事使他这样痛苦呢？

对于乌拉奇美尔的阴谋已经消失了的话，华西利莎到这里以后虽从来没有听过，但是为什么会使他这样消沉呢？难道是担心华西利莎会死吗？假使是这样，那是多么幸福哟！他不是还恋着她吗？真的，乌拉奇美尔和华西利莎同住的时间实在太少了，而他到华西利莎那里去的时候，她又没有温存乌拉奇美尔的闲心。那时她整天都不在家，几乎连温存爱人的时间都没有，她对于乌拉奇美尔的爱不是有什么变化了吗？

躺在长椅子上的华西利莎欢乐地看着那苍碧的天空，描绘着那些树木的轮廓。初春的微风吹动那些树木的枝梢，好像爱抚什么似的颤动着。蟋蟀不晓得在哪儿草丛中乱叫，鸟儿在树林中高歌。

华西利莎站了起来，从杂草丛生的小径行到开满紫丁香花的乱草丛中。香得很啊！她不觉摘了一小枝花。忽然一只黄蜂飞过她的面前，停在旁边的紫丁香花上，嗡嗡地拍着它的小翅。

"啊，你真勇敢啊！你不怕人吗？"

华西利莎微笑地这样说。她的心突然觉得无上地愉快、无上地自由，连她自己也很惊异。她好像初见这个庭园一样，周围望了一望，那绿的草丛、那浓郁的花香、那紫的丁香花，还有那浮着萍藻、青蛙在那里叫着的小池。

华西利莎恋恋地不想走开。她恐怕这种瞬间的喜悦，这种平淡的喜悦会从她的心里飞去。好像直到现在她才觉出生命的意义，了解人生的意义。直至现在她才把握住人生，也不悲观，也不骚乱；也没有工作，也没有喜悦。人生究竟要在哪里找什么目的呢？不过是单纯的无垢的生命吧。在紫丁香花中飞来飞去的蜂虫的生命、在树梢枝头高歌的小鸟的生活和那在蔓草丛中的蟋蟀的世界，这不是人世的生命吗？咳，人生！人生！人世的生命！为什么人们不能和蜂虫一样在紫丁香花中度他们的一生呢？为什么人们不能和上帝所做的别的生物一样生活呢？"上帝"？华西利莎很无聊地想着自己究竟从什么时候起想到"上帝"这东西呢？不用说这是现在的怠惰的生活、资产阶级的生活、乌奥洛查亚的奢侈生活的产物。真的，如果再继续着这样的生活，连她自己不久也会变成一位 NAP 女了。

华西利莎一想到这里非常恐慌，马上飞跑回家去。她恐怕她自己太怯弱了。

虽是这样，但是那些同时的幻想还萦绕在她的心头，她很精神。身体好了些吗？恢复健康了吗？

华西利莎走进寝室，把刚才折来的紫丁香花插在花瓶里，恰好乌拉奇美尔也坐汽车回来了。

他马上便跑到华西利莎那里来。

"又来麻烦我了，那些讨厌的阴谋家老是说我太放纵！又挑起旧账来了，他们心里老是记住那些旧账。现在他们又想叫我到监察委员会去，又想控告我。不过，管他们吧，看看谁得胜！"乌拉奇美尔把一只手放在后面，在房子里走来走去。这分明是兴奋的证据。

他们又说他是无政府主义者，责备他违反什么规律！

乌拉奇美尔一心为发达事业而努力，而执行委员会的同志们不仅不援助他，而且还想停止他的事业的齿轮。

"假使那班小子们要责罚我，那我就自行退出党籍好了。不必等他们拿什么除名来威吓我！"

华西利莎知道事件的重大，非常担心，心里又暗淡起来了。这难道是那前兆潜伏着的灾厄吗？她的心里虽然是这样乱七八糟地想，可是面上并不表露出来。她竭力镇静乌拉奇美尔的兴奋，使他恢复他的理性。

"那位你所称赞的斯达般·阿尔基莎委奇才是英伟的人物。奴才还是奴才！如果有人将我的事问阿尔基莎委奇，那他就会说，我工作是做的，可是做了工作后便很图自己的舒服，我是欲望很高的人。批评一个人而不晓得他的工作如何、他的行动如何，只是说他的品行怎样，这是怎样可笑的和尚似的奴才哟！他们自己究竟怎样呢？不是连宣传部长也抛弃了前妻，抛弃了三个孩子，和卖淫妇结婚而没有受裁判吗？为什么我就要过和尚似的生活？我个人的生活究竟和他们那班小子有什么关系？"

说到这里华西利莎已经不能同意乌拉奇美尔了。党的态度是正确的。一位共产主义者过资产阶级的生活那是有伤他个人的品行的行为。已是一位共产主义者，又是一位经理，应该要过模范的生活。

"可是有什么可以非难我的呢？我究竟有什么事反共产主义的呢？因为我不愿意过乞食的生活吗？因为我因工作而有的种种交际吗？为什么他们不规定一位共产主义者应该请谁到自己的家里，置几张椅子做几条裤子呢？"

乌拉奇美尔很兴奋，他继续和华西利莎争论。华西利莎很高兴地觉得她现在有说出心里想说而许久没有机会说出来的话的机会了。她自然不是说乌拉奇美尔的一切都是不好的，不过，她觉得乌拉奇美尔现在的生活和行动不像共产主义者。乌拉奇美尔觉得，一位经理的家里，假使没有镜台，没有绒毡，对于他的工作就不很妥当。可是华西利莎却并不相信这事。她不信乌拉奇美尔和沙威里埃夫交际是必要的，她不信他和妇女们见面时吻她们的手比工作还更重要。

"哎哟，你也和那班小子们一样想吗？是的，我想你是这样的。你不是来做我的朋友，你是来监视我的行动的。住在一块儿，你便苛责我；住在一块儿，你便卑视我。唉，你为什么不明白对我说呢？为什么要抑制着你的愤怒呢？你为什么要使我这样痛苦呢？"

乌拉奇美尔脸色苍白，眼睛充血，他的声音非常愤怒。华西利莎也觉得很痛苦。为什么乌拉奇美尔会这样愤怒呢？现在难道还不能反驳丈夫吗？那是怎样的白痴啊！将来他一定会后悔的。

"华西亚！我从来没有想到你会说出这样的话。想不到在这紧要的关头你会抛弃我！一切都是我不好。要怎样就怎样吧！你不是要打倒我吗？好吧！怎样都好！这样就什么都解决了！"

乌拉奇美尔这样说着，握着拳头在楼上大力地拍了一下，那楼上的花瓶都倒下来了。芬芳的紫丁香花掉在床上，瓶水流在丝的桌布上。

"啊！你看看这个吧！"

乌拉奇美尔一点儿也不注意华西利莎的话便走到窗前去。他很不高兴地望着窗外。华西利莎看见乌拉奇美尔这样的情形，根据习惯，知道他很悲苦了，这在他大概不是很寻常的事。在无产阶级现在的过程中实在有很多困难的。想分别什么才是适当的行动，怎样才是正当的道路，怎样才是容许的行动，实在很困难。

"喂，乌奥洛查亚，不要再说这些话了吧。为什么你这样颓丧呢？不是太早了吗？事件不是还没有调查清楚，你不是并没有犯什么罪吗？你不过是不服从指令罢了，有什么要紧呢？请静一会儿吧。让我亲自到委员会去看看，究竟是怎么一回事吧，这样就什么事都好了。"

她走到乌拉奇美尔的身边，一只手搭在他的肩上，望着他的脸。可是乌拉奇美尔好像不很留意，很忧郁似的独自在那里想，几乎完全没有听见华西利莎所说的话。为什么呢？为什么他俩不像亲友一样，而像路人一样了呢？华西利莎也沉默地想。她那心里的喜悦完全消失了。而他只是沉郁地忧闷着。

第二天，华西利莎跑到党委员会去。她对于乌拉奇美尔的种种事，越想越担心。大家都非难乌拉奇美尔，这决不能都说是偏心。事情究竟是怎么样的呢？

华西利莎很焦急地问人家到委员会去的路，她照着人家的指引在生疏的街上很快地走去。她的心完全为赶快到委员会的欲望所占领。她的心里怎样也不能忘记她所挂虑的事。

党委员会是一座很伟大的建筑，在大门上飘扬着红旗。在大门旁边贴着许多标语，这些都是她看惯了和她的乡里一样的，她才安心了。华西利莎心里轻松了许多，想快点儿去会那些同志们，但她并不想去找那些自称"同志"访问过乌拉奇美尔的党员们。

华西利莎问委员长的事务室在哪里，门房告诉了她。"请把贵姓名和访问的目的写下来吧。今天或许会客，如果事忙就要等到星期四才能会客了。"

这是什么官僚习气呢？华西利莎觉得很讨厌，可是没有办法，只得坐下，照着表填写。

"请把这个送到秘书处去吧！"

门房的书记把那纸片交给那仆人说。

"请你到楼左边的应接室里等一会儿吧。"

书记很殷勤地对华西利莎这样说。忽然他梦醒了似的大声说：

"马尼加！马尼加！你到这里来干什么？"

那位女子，刚过了少女时代的年龄，穿着短短的衣裙，戴着时髦的帽子，她的眼睛充满了媚态。

"找朋友哩！到这里来不可以吗？"

华西利莎觉得那位女子怎样都是一位卖淫妇。华西利莎实在觉得很痛苦："从前，像这样的人物是不会到党部来找什么朋友的。"

华西利莎走过很长的走廊。男女职员们都非常忙碌，只有她一个人空闲着。大家都很活泼地工作，大家都非常忙碌。只有华西利莎一个人是多余的人物。

管理应接室的那位无髯的青年便问华西利莎，很郑重地问华西利莎的名字，把那名单交给一位管理记录的驼子。

"等一会儿才轮到你。因为你的事并不怎样紧急的。请你等一会儿吧。"

华西利莎坐了下来。在那里已经有许多等候的人了。其中，最先看见的是颜容憔悴的瘦削的两三位劳动者。他们好像争论着什么事。不用说，他们一定是什么劳动者们的代表。在那些等候的人们中又有很阔气的戴着眼镜的绅士——不用说，那一定是什么专门家——可是他在那里读旧新闻纸。还有披着雨篷、发着叹气等待着的矮小的劳动妇女的老婆婆。

在那里又有一位健康的愉快的青年赤卫军。站在穿着短衣的农民旁边又有一位穿着法衣的和尚。为什么和尚会到这里来呢！

"大师傅，现在轮到你了。"

那位传达的人这样说了以后便带那位和尚到委员的房里去，并对那些等候的人们说："那位和尚是活教会的人，非常聪明的家伙，能为我们尽力的。"

两三位女书记走来。她们是剪发的女共产主义者们，穿着短短的旧裙，拿着什么签名簿之类的文件进来走到那管理招待室的男子那里。她们和那位管理招待室的男子说了些什么话，不久又出去了。

接着，一位穿着时髦衣裳的"淑女"似的女子进来了，这位女子是有名的党员的夫人。至于这位女人，和党一点儿关系都没有。华西利莎认识这位女人。这位女人想先进去见委员长，她拿出党的中央委员的信给那位传达员看，说她特从莫斯科来，不能久待，可是那位传达员并不听她的话，但看见中央委员的信，又有点儿心动了，终于答复她说，不能违背规则的，关于你的事，请你等一会儿吧。这位冒充的"淑女"，最少在华西利莎看起来是这样——发起怒来了。她说，想不到还有乡间官厅的规则，我真不晓得！在莫斯科，找人会面是不用什么等待的！在莫斯科，什么官僚习气都打破了，这里却还有这些劳什子！年年都制造新规则！这些官老爷！

这位女人似乎很愤慨，弄她那坐皱了的很体面的衣服。

接着，一位很粗大的、在头后斜戴着夜帽、连外套也不扣、很难看的男子乒乒乓乓地打开门跑进来。华西利莎以为他是一位混蛋的 Napman。

"你们究竟设置那些规则来干什么？我的时间很宝贵的，现在又有大批货物到来了，究竟怎么办呢，都是你们这班东西耽误了我的时间！又要填写什么通报单，快点儿带我去吧，康拉西埃夫！"

这位男子这样说着，好像他就是列宁一样，非常傲慢。华西利莎看见这样的情形，心里又激起对资产阶级的敌忾。捆起这样的男子送他到法庭去吧，这不要脸的王八！

那位传达员婉言谢绝他，说是不能破例的。可是那位混蛋的 Napman 仍然不听他的话，糊里糊涂地要进去。那位传达员终于没法，只得走进别间房间去，不久又再跑出来对那位 Napman 说：

"委员长说请你再等一会儿。他现在还要会两三位比你的事更重要的人，请你再等一会儿吧。"

"说些什么糊涂的规则！这要我们做生意的人干什么，说出这些话！他要我们的时候随便要求我们，有时还要威吓我们，还说我们怠业！究竟谁真怠业！"

那位男子拿出汗巾出来抹汗。在他旁边听着他说话的冒充的"淑女"很同情似的点着头。那位戴眼镜的绅士却很轻蔑似的从报纸角上望那"淑女"。劳动者们都没有注意那位 Napman，只是梦着他们自己的问题。

轮到劳动者们了，其次是轮到那戴着眼镜的"专门家"。

这样的等待实在太讨厌了。华西利莎跑到窗前去，望那下面的庭园。有两个小孩在那里追逐着狗游戏。小孩们的很高的声音，二楼都可以听见。

"喂！拉住'波普加'[1] 的尾看看吧，它一定会吠的。不要怕，它不咬的。啊，'波普加'！捉住它吧！"

轮到华西利莎了。委员长是一位很矮小的男子，坐在那很高的桌子面前，几乎连身体都看不见。蓄着胡子，戴着眼镜，身体很瘦，那肩胛骨现出洋服上面来。

他很冷漠地对待华西利莎，连看也不看便和她握手。

"什么事呢？是因为私事吗？"

他很简单很冷淡地对华西利莎说了这句话就不说了。

"来意已经送到本部去了。"

华西利莎觉得如果先说起乌奥洛查亚的事，那是不大好的，或

---

[1] 狗名。——译注

许探听到一半便探听不出了。

"最近才来的。"

"是吗？预定住多久呢？"

"请了两个月假。但是，因为身体不大健康也许会住久一点儿。"

"光是静养或是还想做什么呢？"

他们这样地交谈着，他连看也没有看华西利莎，在整理那桌上的文件。好像没有闲工夫来说这些无谓的话一样，特别在华西利莎觉得。

"正式的工作我现在是不干的。不过宣传方面的工作我却可以试试看。"

"好得很，我们下一星期便想设定地方的独立预算，听说你是专门经营住宅问题的，是吗？"

他这样说了，望了一望华西利莎又再整理他的文件。

"是的，曾在住宅部工作了两年，也曾经营过公共住宅。"

"噢，那好极了。关于公共住宅的问题，我要请教请教你了。"

可是，华西利莎很谦逊似的摇头：

"那不行。想建设非先破坏不可。公共住宅和培养共产主义的精神的学校是一样的。"

"可是现在不是还不能说到那些事吗？为了减轻中央预算的负担就要想出一个适当的预算额来。那么，为什么你要把住宅问题和教育问题放在一块呢？关于教育的事不是有许多学校大学校会处理吗？"

委员长笑着这样说，使华西利莎很难过。

她忽然站了起来。

"那么，华西亚，再见！"

"再见！"

委员长很冷淡地对华西利莎说，华西利莎也很冷淡地报他。

"到宣传部去吧，那里的妇女组很好，人数时常都不够的。"

"现在我想问一问乌拉奇美尔·伊华诺委奇的问题。"

华西利莎望着委员长的脸这样说。他对这个问题好像也是有关系的。

"这事我一点儿也不晓得。"

他皱着额头含着烟草说：

"问题是很重大的。我听说，你在党中的位置是很好很忠实的。可是关于乌拉奇美尔·伊华诺委奇的事我却不敢批评。"

"做了什么坏事吗？乌拉奇美尔·伊华诺委奇不是没有犯什么罪，开罪了什么人吗？"

"犯罪？你说的是什么意思呢？对不起，我和这个问题一点儿关系也没有，请你到监察委员会去问吧。"

他说了这话，华西利莎想再和他应酬的时候，他已经埋头于整理他的文件了，表现一种不要搅扰他的工作，他很忙碌的态度。

华西利莎很愤慨很不高兴地走出委员长的房子。在她那里，虽不是同志也不是受这样的待遇的，何况她是同志又是同僚，而竟和路人一样地待她！现在想起来乌奥洛查亚的话是真的。他们已经过惯从前总督时做官的习惯了。

她这样想着走出来。连她的同乡和她同在工厂的机械部做过工作的美霞罗·巴罗委奇走过的时候也不晓得。

"凑巧得很啊！你不是华西利莎女士吗？久违了！"

他们很高兴地抱着接吻。

"你已到他[1]那里来了吗？"

"是的。你为什么到这里来呢？"

"因为清党，现在住在监察委员会。始终都为党努力，排除那些排不胜排的朝秦暮楚的腐劣分子！"

他在赤髯中露出微笑，很亲切似的，还是和以前一样的善良。

两人很高兴地说了许多话，互相问长问短。美霞罗·巴罗委奇带华西利莎到那门边的小房里去。那房子好像是从前门房住的。美霞罗·巴罗委奇说他初来的时候临时住在这里，一直住到现在。那是一间很陋小的房子，里面摆了一张床。在他的身边只有一个提篮、两张椅子，有些报纸，有些茶杯和一张放着烟草的桌子。

两人很高兴地邂逅着互相说了很多话，从这里谈说到那里，说些朋友们的事，说些同志们的事，又拿出故乡的各种问题来讨论，说哪处好，哪处不好。最后又说到 Naps 的事。美霞罗·巴罗委奇非常憎恶 Naps。他这样说着，连对这里的州委员长也不大有好感。

"他是一位矮小而傲慢的男子，所谓'唯我独尊'的男子。不用说他是一位活动家，而且是精力绝伦、一点儿也不愚钝的人。但是不好的是什么他都想包办，好像什么都要由他包办的委员长。在工人方面已经不能再忍耐了。在党大会中的什么民主主义化的决议，事实上都是官僚主义日益弥漫，拍马主义日益盛行，到处都是这样的谣传。因此分出许多派别，妨害工作，以致党的权力几乎覆

---

[1] 指乌拉奇美尔。——译注

灭。想父亲似的公平地统率这些复杂的分子便是委员长自任的。可是恰恰相反，他只能越发促他们的分裂。"

"那么美霞罗·巴罗委奇，乌奥洛查亚的事究竟是怎么样的呢？做什么坏事吗？很重大的事吗？谊属朋友，请你告诉我究竟是怎么一回事吧。"

美霞罗摸摸他的红胡子，想说又不说似的在那里想，终于他开口了：

"关于这个问题本来没有什么的。假使我们共产主义者中只为了这个问题就要送到法庭去受裁判，那么，十个人中包管十个人是要受什么罪名的。但是最困难的是乌拉奇美尔·伊华诺委奇开始就和委员长的意见不合。两人都固执他们自己的主张。如果委员长发了什么指令，乌拉奇美尔·伊华诺委奇就不服从，说那些事是党的工作，和他没有什么关系。'我并不是在委员长管理之下的人，我只是和经济机关有关系的人，所以只请你们看看，我自己所做的工作好不好就算了。'两人这样的冲突已经呈报到莫斯科去了。而在莫斯科，也是有些祖护委员长的，有些祖护乌奥洛查亚的，仍然不能有什么解决的办法。两人都各有他们的理由。因此，这个问题便越发麻烦了。两方面都是互相伺隙将摘发对方的罪状的文件呈送到莫斯科去。这样继续争持着，其间曾由莫斯科派了委员来解决两人的争执。可是这位委员不在的时候，又骚动起来了。"

这问题现在又提到监察委员去了。在美霞罗·巴罗委奇的意见还是和平地解决这个问题好。他确信，乌拉奇美尔在他自己的范围内工作的成绩很好，这是中央委员也不能否认的。而且也找不出什么告发他的理由，也应该没有什么会被人告发的。他不是要忘掉那无政府主义的"美国式"便好了吗？一九一七年乌奥洛查亚不是和大家一块为苏维埃工作吗？当时他不是努力与大家协作吗？以后，对他那富裕的生活、他那不大好的行动和他那不像共产主义者的态度的非难，是任谁也多少会受到这样非难的。

而委员长和委员会的人们都说要发表这些事。他们说，一位经理应该做一般人的模范，为了党，不能轻轻放过这样的问题。他们说，实在要妨阻其他党员模仿这样的行动。

"乌拉奇美尔·伊华诺委奇究竟为什么要这样呢？为什么要把家里装饰到这样堂皇呢？可是那些恐怕不是他自己的东西吧。那些不过是国家借给经理的东西吧。"

"不，不光是因为装饰家庭的事。大家都觉得很奇怪，不知怎的他好像要维持两个家庭这样多的费用一样。"

"维持两个家庭的费用？那么你以为乌奥洛查亚赡养我吗？为什么会想到那样的事呢？真正说起来，连我自己的钱都拿出来作家用了哩。光是乌奥洛查亚的钱是不够开销的。那或许是因为他要款待和事业有关系的人晚餐的缘故。"

听见美霞罗·巴罗委奇的话，华西利莎不知怎的觉得很气闷。她觉得他的态度实在太不好了。为什么会以为他哀怜她呢？为什么她会为"无政府主义者"辩护呢？因为许久以前，华西利莎最初和乌奥洛查亚接近的时候，美霞罗·巴罗委奇反对选举她的缘故吧。

"为什么你要反对我呢？你不信任我吗？你以为我要那个人的钱吗？"

"不，华西亚我不是说你的事，我是说他和那些讨厌的朋友们交际实在不好。"

他一面这样说，一面看着华西利莎。

"你说沙威里埃夫那厮吗？"

"不仅是他，而且还有许多别的坏蛋！"

"沙威里埃夫已经不到家里来了。乌奥洛查亚已经和我约定除会和事务有关系的朋友外，不会别的朋友了。那些人都是和事务上有关系的。在我们看起来，自然是赤色的人们，乌奥洛查亚很讨厌的人也很多。可是就在他也是没有办法的，通通都是和事业有关系的人。有些是股东，有些是专家……"

"嗯……"

美霞罗·巴罗委奇好像想着什么似的微哼着，又在那里捻他的红胡子。

华西利莎说，就是她自己也有许多不甚了解的事，有时，究竟什么是正当的，连她自己也不明白。一个共产主义者究竟什么是许可做的，什么是不许可做的呢？人人都已经变了，关于工作的性质自然也已经变了。华西利莎正和美霞罗长谈着，而监察委员会便叫美霞罗去了。

临别的时候，美霞罗·巴罗委奇说他会把华西利莎已经到这里来了的事告诉在工场里的雇人们。关于乌拉奇美尔的事，他说让他再考一番看看。并告诉她，如果乌拉奇美尔现在还是不改变他的行动，结果恐怕会除名。

八

"我的天使回来了！到哪里去议论了？去党部吗？和那班小子

们说些什么呢?"

乌拉奇美尔到门阶上来接华西利莎。他一定是在窗口等她回来的。乌拉奇美尔衔着烟草,在房里走来走去,听着华西利莎的报告,他的脸上不知怎的非常担心。"他们那班小子非难我,说我有两个家庭。可是我就是有五个家庭究竟和他们有什么关系呢?!伪善者们!我的账目一点儿也不会糊涂,从来没有偷过东西,也从来没有受过贿赂。他们究竟为什么要这样说呢?"华西利莎听见乌拉奇美尔的话,也觉得"两个家庭"的问题实在是没有什么意思的事。

关于沙威里埃夫的问题她却仍然顽强地固执她的主张。和他交际究竟不大妥当,她说,在事务所里和他会会面倒不要紧,但请回家里来却可以不必。她又问劳动者们对于乌拉奇美尔的种种谣传,说乌拉奇美尔肆口骂劳动者们,残酷地对待他们,这些是否真实。

"那完全是胡说!糊涂的东西!谩骂!不用说,我曾大声斥责过劳动者们。可是这些都是为主义而如此的,我从来没有无理谩骂过。他们说怎么样便怎么样那是不行的。特别是那些起卸工人都是懒惰不听话的坏蛋!"

华西利莎不敢说出会开除乌拉奇美尔党籍的话。因为她还没有说,他已经暴躁如雷了。华西利莎决意把家政弄好一点儿。食膳也简单起来,不再请无谓的人客了。她要乌奥洛查亚解决他所养的马。已经有汽车了,还要马来干什么呢?

可是乌拉奇美尔对此却很愤怒,那匹马是很好的乘马,女人也可以骑的!

"现在想找到这样的东西几乎是不可能了,那时是碰着特别的机会，价钱又便宜。现在看起来，那马已是相当的资本了。"

"资本？你想做资本家吗？乌奥洛查亚，请不要乱说吧，省得将来后悔。"

"想开除我的党籍吗？如果以'道德'的理由开除党员，那么党究竟是什么东西呢？让他们去吧，我是只在经济机关中工作的。"

华西利莎看见乌拉奇美尔的情绪越发昂奋起来，她不再反驳他。不过她却主张家政的一切非改正不可，一切都非简单的质素的不可。而最重要的非断绝一切无谓的交际不可。她约定，最近再到美霞罗·巴罗委奇那里去和他谈话。如果问题恶化起来，她便决意到莫斯科直接找托波尔可夫去。

乌奥洛查亚坐在窗前的椅子上，脸色苍白，非常消瘦，只有眼睛还炯炯地发光。而他的眼睛一点儿喜色也没有。乌拉奇美尔呆呆地望着华西利莎。他把嘴里衔着的香烟抛到地板上，走到她的面前紧紧地抱着她。

"华西亚，我亲爱的挚友！请不要抛弃我。引导我，给我力量吧。在那般人们的面前我决不认错，但在你的面前我却充分地认错！"

他小孩似的把头枕在华西利莎的膝上。

"唉，乌奥洛查亚，你说有什么错处呢？"

乌奥洛查亚嗫嚅着：

"华西亚，你还不了解吗？你还不晓得吗？"

"你是说你自己不对或是说你反了无产阶级的立场呢？乌奥洛查亚你如果是悔过的，那么，请你不必向着我悔过，请你在自己的心里悔过吧。"

"啊！华西亚！华西亚！"

乌奥洛查西突然很失望地翻了身，赶快改变了口调说："饭弄好了吗？我从早至现在还没有吃饭，我要吃饭了哩。"

华西利莎开会归来。现在又和麻布工场的女工们一块儿工作了，她指导那里的组织，援助那里的女工们在工场中活动。她深入民众中，好像回到家里一样很自然地工作。美霞罗·巴罗委奇也常有和华西利莎见面的机会，华西利莎也能够和他的同事们接近。这一群中，大家的意见都相同，无形中形成一个集团，互相扶助着，一方面和州委员会的委员长抗争，另方面又反对"经济主义者"们的政策。他们很推崇从劳动出身的制铁厂经理那个人。他不愧为他们"同事"的人物。虽然到了现在的地位，他仍然不会脱离民众，没有一点儿总督似的官僚气。

乌拉奇美尔的事件还没有受裁判。可是据美霞罗·巴罗委奇说，已经搜集了许多不好的材料了。他忠告华西利莎注意乌拉奇美尔，叫乌拉奇美尔要慎重从事，特别是竭力避免和沙威里埃夫交际。沙威里埃夫这个人是不大好的人物，是所谓"经济主义者"，骚扰得很的人，国家保安局今后打算处办他。

华西利莎听见这些话，心里又痛苦起来了。她担心乌拉奇美尔，特别在这个时候最厉害。那时，乌拉奇美尔实在是整天忙个不了，回到家里后，又埋头于整理账目。中央监理部命令他改正簿记的方法。因此，他请了一位簿记专家、一位银行员做他的补助员。他和两位雇员彻夜在那里整理簿记，有时竟一直做到早上三时。乌拉奇美尔已经非常憔悴了，睡眠又不足。乌拉奇美尔一方面担心着责任的地位，另方面听见周围的阴谋的谣言非常痛苦。他心里负着这两种重担当然会很憔悴。华西利莎却为他苦恼。这是因为她爱他，所以她很痛苦。

他们两人已经不再招待客人了，关于沙威里埃夫的事也不再提起，不晓得他到什么地方去了。这样很好。乌拉奇美尔也不再去看戏，也不再去访问朋友了，每晚都留在家里，可是他的脸上却时常现出烦恼、沉默、阴郁的神情。

华西利莎担心着她的爱人，不知要怎么才能解除乌拉奇美尔的烦恼，怎么样才能使他愉快地工作。

华西利莎只有到麻布工场做党的工作的时候，才能暂时忘记她的爱人。女工们的生活实在凄惨得很。她们的工银实在低得很。那工银率实在低到说不出来，而且几个月没有付。管理部也没有法子经营工场。那些人们都是笨猪！华西利莎为女工们尽力向经营者请愿。鼓动女工工会，把这问题送到会计部去。

华西利莎很忙碌地一天一天在工场里过去了。他忙到什么都忘记了，时常不知怎地又过了一天。一天晚上，华西利莎和工场的组织员利莎·索罗奇娜一块儿归来。利莎是年轻的头脑很清楚的女工。华西利莎很喜欢利莎。那天晚上，归途中她们两人还在那里讨论着种种问题。进一步到会计部去交涉的问题，要再发动谁去最好呢？

她们谈着话，不觉就到家了。一踏进家门，乌拉奇美尔就出来迎她。那晚，他好像不同了，眼睛里闪耀着愉快的喜悦的光辉。

乌奥洛查亚和华西利莎说了几句话马上便拥抱着她。

"啊！华西利莎，你应该庆祝我啊！我接到莫斯科的来信，调我到新的职务去，我升进了，我要做地方的执行官了。我大约在这里再多住两个月，把现在的工作弄停妥了就去。监察委员会怎么样呢？委员长有说什么话吗？请你拭目以待吧！"

"请你不要太高兴了。恐怕他们对你还有麻烦的。"

"傻的！中央监理部他们还会再为难我吗？唉，现在有一个好位置了。华西亚，是吧？"

乌拉奇美尔小孩似的很喜欢地抱着华西利莎和她接吻。

"唉，我的可爱的天使哟！我太欢喜了，我特意买些东西给你。"

他带华西利莎到寝室里去。在那床上放着青色的绢布和巴达斯特的麻布。

"拿这青绢布做衣服吧，华西亚，用这漂亮的布做件漂亮的衣服穿穿。这鼠青色的你穿最合适了。那巴达斯特布拿来做内衣。"

"内衣？哎哟，乌奥洛查亚，你究竟打算怎么样呢？拿这个做内衣？"

华西利莎微笑着。

"那布拿来做内衣正好。那白软的巴达斯特布正是给女人做内衣的。你不要穿那些粗麻的衣服了，那简直是和面粉袋一样。"

"但是我想拿那布来做上衣。而那绢布虽然漂亮，可是不买更好。是用现钱去买的吗？为什么又要破费那些钱呢？"

华西利莎摇着头这样说。她不大喜欢乌拉奇美尔给她的赠品。恐怕因为这事人们又会说他太奢侈了。

"你不喜欢这布吗？"

乌拉奇美尔很不服气地问。

"不错，东西是很漂亮。可是你说我要这些干什么呢？请你想想吧，穿着去看戏？装扮到经理夫人似的去看戏吗？"

华西利莎想象她穿起这青绢布的衣服时的姿态，她觉得很可笑。

"不过，我也感谢你——感谢你的关切和爱意。"

华西利莎挺起身体来抱着乌拉奇美尔热情地接吻。

"华西亚！你还没有忘记和我接吻吗？我以为你已经不爱我了。自你从你的寝室中放我出来以后，你到我这里来时，也没有给爱与我。"

"我们不是没有那样的时间吗？而且你也不很高兴似的。"

"你究竟还爱我吗？"

"我？爱你？"

"让我们还是和以前一样的恋爱吧！"

两人很喜悦地笑着，好像分别了很久再团聚一样。

华西利莎匆忙地到工场去。行到石阶上她忽然想起忘记了带布哈林著的共产主义的 ABC，那是放在乌奥洛查亚的书箱里的。她赶快跑回书斋，打开那书箱的玻璃门，忽然有一包东西从书箱上掉下来，那是一个纸包。华西利莎俯身把那个东西拾起来，打开来一看，连心脏都停止跳动了。那是和乌奥洛查亚给她的绢布和巴达斯特布一样的布，和一束花边与刺绣包在一块。那是什么呢？是谁的东西呢？

这时，她忽然又想起美霞罗·巴罗委奇说"乌奥洛查亚有两个家庭"的话。那是应该不会有的。华西利莎心里很怕想到这样的事，表面上虽然还没有充分的勇气，可是，她的心里已开始燃起嫉炉的火焰。

"他有两个家庭。"总之，乌奥洛查亚实在是朝三暮四时时变动的。有时冷淡到连睬都不睬华西利莎；有时却又很殷勤地亲爱她。华西利莎又想起乌奥洛查亚时常自戏院回来的时候都洒得满身香水。她又想起，他晚上到什么地方去的时候总是对着镜子装扮得非常潇洒。而那应该忘记了的，从前那位红唇的看护的事——那天晚上寝床上的东西……又都浮现在她的心头。

华西利莎不知怎的眼前又蒙眬起来，两手又僵硬起来。她的心又很烦恼了。乌奥洛查亚——已是她的爱人又是她的同志的乌奥洛查亚是她的朋友，又是她的爱人，可是却欺骗华西利莎！他——在华西利莎的后面——又再爱别个女人！如果两人不是住在一块的，还有可说。华西利莎什么也不质问他。可是，现在竟是这个样子！乌奥洛查亚还爱抚着华西利莎，而她又还衷心地想以恋爱的情怀融合他们两人的心。

究竟是怎么一回事呢？乌奥洛查亚已经不爱她了吗？华西利莎心里不能相信这个极端的苦闷。在这黑暗的茫茫大海中，她觉得就是一叶扁舟。她也信赖他。如果乌奥洛查亚已经不爱她了，为什么他还恋慕着她呢？他不是从来没有骂过华西利莎吗？怎样也不会有那么一回事的！为什么乌奥洛查亚会不爱她呢？两人不是身心互结着吗？他们两人不是已是朋友又是同志吗？他俩不是共过患难，手携着手把他们解决的吗？何况当前的困难两人都是经历过的。华西利莎不相信别的什么东西，绝对不信别的什么东西！可是嫉妒之蛇已经将它的毒素刺进华西利莎的心里了。

为什么乌奥洛查亚时常都不在家呢？为什么他会那样哀愁与阴

郁呢？为什么华西利莎不能和以前一样使他高兴呢？为什么他要以肺病为口实，避开她不和她同寝呢？

嫉妒之蛇的毒是很锐利的。华西利莎已中了毒牙的毒，心里非常苦闷。可是她仍然不听那毒蛇的强烈的鸣声。乌奥洛查亚还爱她，还爱华西利莎。如果不是这样，为什么他还和以前一样一点儿也没有变更地亲热地爱抚华西利莎呢？那些布一定是别的什么人的，一定是乌奥洛查亚给别的什么人买的。怎样能够说那包东西一定是乌奥洛查亚的呢？不是没有什么证据吗？那不过是华西利莎的想象罢了。

华西利莎想到这里，觉得自己的猜疑心很像有年纪的女人对她的丈夫一样，实在很可耻。

嫉妒之蛇益发咬住华西利莎的深心。毒蛇哟，快点儿敛迹吧！待乌奥洛查亚回来后再详细地问他，叫他说明到底是怎么一回事。

她想到这里，已经过了很多时候了，一手拿起共产主义的ABC赶快到工场去。

华西利莎赶快回家，她恐怕晚饭太迟了。在工场中，心里的蛇非常平静。可是一走出街上，那蛇又动作起来了。"他有两个家庭"啊，买两份绢布、两份巴达斯特布！为什么乌拉奇美尔晓得用巴达斯特布做内衣呢？谁穿过那样的内衣吗？是那些没有节操的用钱如水的NAP们的姑娘们吗？就是这样，乌拉奇美尔又有什么好批评华西利莎所穿的衣服呢？什么做工穿的——小麦粉袋！而内衣有什么要紧呢？难道乌拉奇美尔不爱穿那内衣的她吗？从前，在乌拉奇美尔访问华西利莎以前并没有说要驱逐她。他有时说去赴会，可是为什么要在镜前拼命装饰呢？为什么乌拉奇美尔有时又要洒些香水呢？近来，为什么再看不见乌拉奇美尔温柔的神情呢？回家后一定要质问乌奥洛查亚，叫他真实地说出来究竟是怎么一回事。那些布究竟是谁的呢？为什么要放在书箱里呢？如果是光明正大地替什么人买的，那放在台子上好了。不说是不行的！骗人也不行！非问问他叫他说出来不可！

华西利莎很急忙地走到门口的石阶上，按那门铃。

门口有汽车，乌奥洛查亚当然是在家的。她想马上跑去质问他，不准他说谎。决意对乌奥洛查亚说，做一位丈夫不爱正式结婚的太太而是玩弄她是不行的。

华西利莎愤怒得面红耳赤。为什么谁不快点儿给她开门呢？

门打开了。那是刚才的事！

"莫斯科来了六位客人，招待他们忙个不完哩！"

马利亚·莎美约诺维娜站在门口说。

"客人？谁?"

在客厅里有说话的声音，乌拉奇美尔作为主人在那里招待他们。他介绍他的太太华西利莎·德孟查维娜给客人们。客人是某"新的加"[1]的职员。他们带了事业上的新计划来和乌拉奇美尔商量。

华西利莎向这些客人问些莫斯科的情形，那时，听着政治论争的事大家都很有兴趣。马利亚·莎美约诺维娜站在门边很奇怪地望着华西利莎，那一定是要请她帮忙了。仆人华西亚去买葡萄酒了，

---

[1] 通常译作"辛迪加"，为垄断组织的一种主要形式。——编者

伊凡·伊华诺委奇去买菜还没有回来。马利亚·莎美约诺维娜忙不开，她又要做饭，又要收拾台面。所以华西利莎便去帮马利亚的忙。乌拉奇美尔很喜欢整齐，台面非收拾得干干净净不可。

华西利莎和马利亚拼命在那里做事。恰好伊凡·伊华诺委奇回来了，大家又一块儿干。

这时华西利莎再没有工夫想到那个青绢的事了。她心里的蛇也不作怪，不晓得消失在什么地方了。华西利莎只是顾着她的爱人乌奥洛查亚能够与那些"新的加"的客人们以很好的印象。晚饭弄得好像耶稣[1]诞的盛筵一样丰美。

有葡萄酒，有瓶花，有莫洛索夫的餐巾，又有银刀叉。请客人们入席。乌拉奇美尔很关心地巡视了台面一周，然后才安心了。但是为什么连一点儿都不感谢华西利莎呢？华西利莎已经疲乏到这个地步了，她很生气！

华西利莎和客人们谈话。这时她又想起那些青绢的事了。谁买的布呢？为谁？……

她忽然望到乌拉奇美尔那边去。乌奥洛查亚简直是路人似的很不自然地望着她。如果乌奥洛查亚还是亲近华西利莎，还爱华西利莎，那么他不会使华西利莎悲伤，再将那可怕的嫉妒之蛇注入华西利莎的心中。

那天晚上，华西利莎的心整晚都很烦恼。夜了，她又不能不照料客人的寝处。她叫仆人拿枕褥去书斋里预备客人们的寝室。在那里，她又不晓得看了多少次那个可恼的书箱。那青绢布现在还是放

---

〔1〕 通常译作"耶稣"。——编者

在那里。啊，是给谁的呢？究竟给谁的呢？

华西利莎已经很疲倦了。她在那里准备着茶水。那些客人们便在那里说些各种物品的事、包装方法的事、明细书、计算书这些特别和他们的事务有关系的事。他们都是实业家，以前是商人，其中有两位曾加入共产党。他们是所谓"赤色商人"。

乌拉奇美尔非常高兴。他在许多客人面前夸耀自己的事业，他说他所经营的事业还不到一个月就有了这样的发展。那些商人们当然都很尊敬他。大家都倾耳听着乌拉奇美尔说话。大家都不注意监理部的别的什么人说的话。

华西利莎看着热衷于这些谈话的人们。假使是在平常，那华西利莎一定会为了乌拉奇美尔而喜悦的。但在今晚，她觉得乌奥洛查亚完全是别人似的，事业！事业！除事业以外一点儿也不顾到华西利莎！乌奥洛查亚一点儿也没有注意到华西利莎今天的烦恼。如果他是欺骗华西利莎，说谎话的，那在工作上不是也会不对吗？党委员会要他说明不是应当的吗？

心里等得不耐烦了，为什么那些"新的加"的客人们还在那里说些无谓的话呢！啊！快点叫乌奥洛查亚来吧！让她可以问问那青绢布的问题！

华西利莎换好了衣服等待乌拉奇美尔来。"新的加"的客人们占住了一个房子，乌拉奇美尔一定要到华西利莎的房里来。她倾耳听着乌奥洛查亚的足音。乌拉奇美尔和客人们应酬以后，又吩咐伊凡·伊华诺委奇准备明天的东西。

他进来了。华西利莎的心脏好像晨钟似的跳动着，连膝盖都打战。她从床上站起来，等他进来便马上问他。

可是乌拉奇美尔没有给华西利莎说话的机会。他自己的话好像说不完似的，要求华西利莎种种帮助。他说要怎么样改造现在事业的组织，增大共产主义者的势力，用党员来牵制"新的加"的组合员——资产阶级的势力。

"华西亚，你有什么善策吗？你考虑考虑吗，明天我们调查调查新事业去。华西亚请你先看这个计划书吧。那班老爷们打算掌握那些势力，准备以秘密的阴谋对付我们无产阶级。让他们阴谋去吧！我们也不是小孩子！我们的任务是在巩固事业的组织，没有党的支配，没有共产党员是什么也不能办的。"

"那么，为什么你又不守党的规则呢？你不是说过，开除党籍是什么？有什么问题？没有党就不能活动了吗？"

"啊，你不知道有些人嘴里这样说心里并不这样想的吗？你不了解吗？没有党哪里能够活动呢？没有党我们哪里能够做事呢？"

乌拉奇美尔深思地笑答着，脱下他的鞋。

"啊，快点儿解决那个无意义的问题好了。那是多么有趣的生活呢，华西亚迁到别处地方去，我可以做一位很好的共产主义者你看看。那时，也用不着和委员长淘气了，大家都会捧我作模范的人了。"

乌拉奇美尔非常愉快。最近四五日间那样不快活的样子一点儿也没有了。他的眼睛里又戏谑地笑着。

"喂，睡吧。"

乌奥洛查亚伸出手去熄灯。华西利莎在中途阻止他。

"请再等一会儿吧………我……我有点儿事要问你……"

华西利莎站起来注视着乌拉奇美尔的脸。她的心脏跳动得厉害，那种声音连她自己都觉得莫名其妙。乌奥洛查亚催促她说：

"请说吧，什么？"

乌拉奇美尔看着壁上，不看华西利莎那里。

"我想问一点儿事。为什么你放些布在那书箱里呢？那绢布和巴达斯特布？"

"绢布？噢，是那样本吗？"

"不，不是样本，是那个大幅的和你买给我的一样的……那是谁的东西呢？"

华西利莎注视着他的脸。

"你想晓得那是谁的吗？你猜不中吗？"

"是的。"

"伊凡·伊华诺委奇买给她的未婚妻的。他买的和我买的布一样。他时常都是这样的，我有什么他也要什么，什么都想学我的。"

乌拉奇美尔很简单很大方地这样说，华西利莎马上红了脸，觉得很可耻。

"伊凡·伊华诺委奇？未婚妻？啊，我又……"

"你又怎么样呢？"

乌拉奇美尔向着华西利莎问她。

"啊，我的可爱的乌奥洛德斯加！"

华西利莎热情地吻她。为什么会想到那些无意义的事呢？为什么会怀疑她的爱人乌奥洛查亚呢？

"不过，你究竟想些什么？可爱的侦探先生、金事先生！"

乌奥洛查亚抱着华西利莎，可是他的眼睛凝视着她。

"那么，我们睡吧，已经接过吻了。因为有客，明天一定很忙。

要快点儿起来。"

他熄了灯。

华西利莎好像放下了心的重负。可是不知乌拉奇美尔睡了没有，华西利莎心里的蛇又作起怪来了。为什么乌拉奇美尔会叫她可爱的侦探先生、金事先生呢？难道有什么可侦探的秘密吗？

乌拉奇美尔已经熟睡了。可是华西利莎却蝎蜥似的缩作一团，在暗中张着眼睛。

啊！可以相信吗？还是不能相信呢？

"新的加"的人们不久便走了。乌拉奇美尔的工作益发增加。事业的改造更使他无上担心。而另方面对于这些烦恼的报偿又没有什么愉快的事。美霞罗·巴罗委奇叫华西利莎到他那里去，泄漏出中央监理部的秘密指令。说乌拉奇美尔并没有什么具体的罪犯行为，事件的主点不过是不服从命令和行动不慎，事件大概是可以平稳地解决。

华西利莎真的全身心都轻松了，从前所谓"啊！幸得神明庇佑！"这句话几乎说了出来。她几乎没有法子制止她的感情的迸发了。

美霞罗·巴罗委奇也很喜悦。他因为华西利莎而喜悦，因为他很爱怜华西利莎。

但华西利莎方面的运动仍然不大顺利。会计部和监理部并着肩。麻布工场的女工们发生不稳的形势。同盟罢工危迫在眼前。没有加入党，戴着"布尔什维克"的假面的"孟什维克"的人们在那里鼓动风潮。

华西利莎虽然咳嗽发热，可是每天还到工场去。她和监理部抗争要求其让步。另方面，她又为了女工们埋头于工作中，如青绢的事她都忘记了。那时实在没有想到这些事的余裕。可是，有时那嫉妒之蛇又在华西利莎的心里抬头，那蛇实在已经根深蒂固很难逐去了。

这次是关于一匹白狮毛狗的问题。

它是仆人华西亚带回来的。那是一匹很活泼佩着丝颈带的狗。

"这是谁的狗？为什么带回来呢？哪里带来的？"

华西亚说那是乌拉奇美尔叫她带回家里来的，本来是沙威里埃夫的狗，因为沙威里埃夫要到别处去，所以把它留在空房子里。

华西利莎听见这些话觉得很奇怪，为什么乌拉奇美尔这样喜欢玩狗呢？想施恩与沙威里埃夫吗？她想到这里又恨起沙威里埃夫来。为什么乌拉奇美尔还要和那贼一样的投机家交际呢？

乌拉奇美尔回来时，那个狗好像看见许久不见的主人一样摇尾作态。乌奥洛查亚抚摸着狗，就说到狗。

"乌奥洛查亚，这条狗是从哪里带来的呢？是从沙威里埃夫那里带来的吗？"

"不，不是！那是伊凡·伊华诺委奇的未婚妻的。因为她不在家，所以她暂时把那条狗寄放在这里。"

"可是，华西亚却说是沙威里埃夫的。"

"蠢的！在沙威里埃夫那里养了两三天却是真的，华西亚从那里带来，所以他以为是沙威里埃夫的。"

华西利莎听了这些话才完全明白了。

可是她的心里的嫉妒之蛇又噬着她的心脏了。能够相信乌拉奇美尔吗？

伊凡·伊华诺委奇来了，华西利莎马上问他，那条狮毛狗是谁的呢？

他说那是她的未婚妻交给他，叫他照料。但是伊凡哪里能够照料那条狗呢？他几乎整天不在家。所以他便把那条狗送到沙威里埃夫那里去。可是连那里的下人也是把它缚起来，不管它。他们自己便走出去。

这大概是真的。

不过，华西利莎怎样也不爱那条狗。

乌拉奇美尔有两三天不在家了，在那里准备关于"新的加"的什么事，只留华西利莎一个人在家里。预料她大概是很悲闷的。可是恰恰相反，她自己一个人在那里，很奇怪的，她反觉得心地很轻松、很自由，好像解除了乌拉奇美尔在那里的时候压在她心上的重石一样。她不必再看那瞧不起她的乌奥洛查亚的阴郁的轻蔑的神气了。不用说，华西利莎晓得他很忙，在他的脑袋里考虑着许多问题。可是在华西利莎的不可测的女子的心里仍是恋慕着那烦恼的爱恋之情。

因此，她觉得乌拉奇美尔不在那里的时候还更愉快。只有华西利莎一个人的时候，没有人命令她做这事，做那事，她不必期待什么东西，也不必听候什么东西，也没有什么东西会使她痛心。

她招待她自己的朋友，如利莎·索罗维娜、从前在工场里的男同事们和美霞罗·巴罗委奇。大家很愉快地吃晚饭，华西利莎使她的同事们都很愉快。

晚饭后，大家坐在一块讨论些党的事情，走出庭园去一块儿唱歌。这样多么快活啊！大家都很愉快，尤其是华西利莎最愉快。这些情形完全和那些"新的加"的人们或是沙威里埃夫的人们在客厅里的谈话不同。她在乌拉奇美尔不在家的时候不觉都是这样过去了。

某天早上，乌拉奇美尔去车站回来。他回到家里时，华西利莎恰好在那里饮茶。华西利莎跳起来迎接他。但他没有和华西利莎接吻，只深深地吻她的手。在乌拉奇美尔的眼睛里还残留着泪痕。华西利莎又担忧起来了。

"乌奥洛查亚，做什么呢？发生了什么事吗？"

"不，华西亚，什么也没有。不过……咳，华西亚，人生真是痛苦，我已经很疲倦了。"

他坐在桌子的面前，两手支着头这样说，眼泪又流了下来。

"乌奥洛查亚，什么事呢？做什么呢？请告诉我吧，你说了心里就轻松了。"

"真的吗，华西亚？"

乌拉奇美尔很颓伤地问她。

"我已经不晓得想过多少遍了。我想……华西亚，我经过很多事了。可是啊，一切都没有办法，怎样也找不出答案来。"

华西利莎的心里又很痛苦，觉得有些恐怖。

"乌奥洛查亚！请不要再苦我，把事实的真相告诉我吧，我再不能这样地忍耐下去了。我疲乏极了——连心都休息不得了……"

因为咳，她又不能说话。

"又咳了！不是又不能说话了吗？"

124

华西利莎听见乌拉奇美尔这些话，不知那是谴责的声音还是悲悯的心情。

她还继续着咳。乌拉奇美尔很明白地现出迷惑的表情，烧着香烟。

"饮点儿茶止止咳吧。"

乌拉奇美尔劝华西利莎。

"不，我要吃药。"

咳停止了，华西利莎倒茶给乌拉奇美尔。乌奥洛查亚再平静地说，一切都很麻烦。发送职工们又发生问题了。因为减少了他们的月薪，他们要求增发时间外工作的工银。因此，"新的加"要给这班人们分去大部分的经费。如果不答应他们的要求，他们就决意罢业。这事或许有人在那里煽动。万事都要管到实在是不容易的事。

"我从火车走出来，伊凡·伊华诺委奇就把这些事报告给我了。而你还愉快地等着我！我三四天不在家里，一回来就有许多纷争等待着我。监理部那些人们究竟干什么呢？他们好像一定要把事件弄得很纠纷似的。这一定又会发生什么问题，而委员长又要找出什么新的事端来了。"

"那就是你说世间太坏了、不可救药了的理由吗？光是为了那些发送职工们的问题吗？"

"是的，你以为怎样呢？"

乌拉奇美尔一边抽着烟，一边喝着茶，继续说那纷争的事。要怎样才能使那事件不暴露出来呢？乌拉奇美尔所说的话，华西利莎几乎一字没听见。华西利莎能够相信乌拉奇美尔吗？他是单为发行部那些职工的事而哭泣的吗？恐怕不会这样吧。他的心里一定还有什么别的事。那青绢……或许乌拉奇美尔真的很疲倦了。因为那监察委员会实在太恼恨他了，乌拉奇美尔做了一点儿什么事他们都很容易误会。华西利莎想竭力相信乌拉奇美尔的烦恼完全是因为关心工作。而那发送部的事件要非难的并不是乌拉奇美尔，而是监理部的人们。

九

工场的问题华西利莎终于贯彻了她的主张。她使营业部让步了。女工们都非常高兴，送华西利莎回家。华西利莎现在想起来都还觉得如果没有委员长就不能有这样圆满的结果。她开始尊敬那委员长。他特别以断然的态度严峻地对付那些"经济主义者"。

回到家里，看见门口拥挤着许多发行部的群众。他们很喧哗地高声叫着。

"宣布最高额呀！不要让步！全体罢业！让经理和书记去搬货物来看看吧！"

华西利莎混在群众中倾耳听他们提出各种质问。那时，群众看见她便包围着她，乱七八糟地说。群众对她叙述了一切事情，说他们的工银非常低廉，时间外的工作又没有什么报酬，那会计方面一定是不大妥当的。群众包围华西利莎说今后的营业不能再继续了。经理的太太不是在那里吗！请她将一切事对她的丈夫说明白吧。本来这样的问题是不能混为家庭的事的。

华西利莎听着群众提出种种质问。她了解这些人们的痛苦。经理和事务员便丰衣足食享受相当的待遇，他们的家族都穿着很漂亮的衣服，而以发送的职工们做奴隶。这样的情形实在不能再继续下去了。工会应该强制监理部想一个什么办法。而监理部如没有严密的组织和进行的程序那什么也不能办。

在这喧骚之中，指导者走了出来和华西利莎商量什么。他们请他让他们的要求写出来。如果这次监理部拒绝这些要求，他们就要直接到会计部去了。

华西利莎兴奋起来了。她忘记自己是经理太太，好像和她有直接关系似的与发送部的职工共鸣。她要用怎样的言动才能援助她的"同事"呢？他们是无经验的群众，又没有适当的指导。

她带他们的领袖到家里，让他们写好要求。他们环视家里的各处，看见客厅里堂皇的家具、丰富的家财，心里很不高兴。他们走进华西利莎的寝室。那时，华西利莎才后悔不应该带那些人进来。可是已经太迟，不能再叫他们出去了。

那些领袖们便坐在华西利莎的台子面前写他们的要求。

在门前庭园里的群众已经静静地不再大声喧哗了。他们三三两两坐在一块，闲谈着，抽着烟。

忽然庭园里的人们都站起来。汽车到了。那是经理！乌拉奇美尔走进庭园里。

"干什么？开会吗？示威吗？有什么不平吗？"

乌拉奇美尔的声音好像雷鸣似的。

"我不在这里和你们谈判。这是我的私宅。到事务所去吧。账目有什么糊涂吗？到工会去吧！监理部没有什么关系的。这是外边办的事。罢业吗？这是你们的自由，工会想怎么办就怎么办好了。请你们离开这里，我不和你们在这里谈判。到事务所去办吧！"

乌拉奇美尔说完这话便把大门关住跑到华西利莎的寝室。他一踏进房里，好像麻木了似的站住了。华西利莎正在那里和那发送的职工们起草要求。

"这是干什么的？谁叫你们进来？为什么你们未得许可就闯进来？出去！给我滚出去！"

"不，乌拉奇美尔·伊华诺委奇先生，我们不是随便进来的……太太……"

"叫我们出去我们也不出去……"

乌奥洛查亚面色苍白，举起了他的双手，那些进来的人们惊惶地退出门口。

"哎哟，乌奥洛查亚！你发狂了吗？为什么那样说呢？我叫大家进来的！诸位请等一会儿吧！你们到哪里去呢？"

华西利莎跟着大家出去，乌拉奇美尔走进来用力提住她的手腕。

"你叫他进来的吗？谁许可他们的？谁要干涉我的事务吗？在'新的加'内你并没有负什么责任！要罢业吗？到你麻布工场去吧！"

"啊！这样你就要放逐我吗？是因为我赞助我的兄弟们吗？是因为我想晓得真相吗？是因为我不顾你们经理先生的利益就会减少你们的赏与吗？"

"无耻的野奴！讨厌的伪善者！"

华西利莎听见这些话实在很痛切。讨厌的！华西利莎真是很讨厌的女人吗？

两人敌人似的怒目对望着。华西利莎身心都非常苦闷、非常痛苦。啊，难道她的幸福就永久消去了吗？

门口的群众都散去了。乌拉奇美尔赶快到事务所去了。华西利莎横在床上伏在被褥上饮泣。而那流下的泪并不能减去她的心头的悲哀。

华西利莎并不是悲伤乌拉奇美尔毒骂了她，而是悲悼他们两人的心日益远离了，不能互相理解，两人好像站在敌对阵营中的敌人一样。

自这事发生以后接着都是阴郁不愉快的时日。乌拉奇美尔虽然大部分的时间都在家里，可是也没有什么好结果。他们两人好像路人似的除绝对必要的谈话外很少交谈，就那样过着孤独的生活。

华西利莎又病在床上了。伊凡·伊华诺委奇叫了医生来，医生叫华西利莎要绝对地静养，禁绝一切兴奋。

这时，乌拉奇美尔又忙于他自己的事务。他时常和伊凡·伊华诺委奇与书记彻夜整理簿记。他们除吃夜食的时候走出书斋以外，时常都埋头于他们的事务中。大家都不大说话，都不痛快。

有时索罗维娜来探望华西利莎的病，告诉她许多麻布工场的事。说女工们听见华西利莎生病都很悲抑。

但在华西利莎看起来，她和乌奥洛查亚间互相远离的事比病还更痛苦。他们两人都不能忘记发送职工的事，怎样也不能原宥对手。

华西利莎忽然想回她的故乡去。已经没有办法了，只得回乡去。可是，到故乡去吗？那屋角落里的房子已经给格尔西亚住着了，两个人住一个房子实在太小。至于回父母那里去呢，那是不敢想的。因为，她如果回到家里，父母一定会悲叹华西利莎的事，嘲讽"布尔什维克"。那么到哪里去呢？华西利莎写一封信给格尔西亚，托她找房子；她又写了一封信给斯达般·阿尔基莎委奇请他代找党或民众团体的工作。她打算接到他们的回信后就离开这里。还要留在这里干什么呢？不是谁也不要华西利莎了吗？她走了，就连乌奥洛查亚也不会有什么影响。

日子一天一天地过去，心里一天重似一天。

正是盛夏，庭中的樱实已经成熟，紫色的杏花也已盛开了。窈窕的白百合花上的露珠在细长的茎上映着太阳。这周围的一切已经不能使华西利莎快乐了。她在庭园中走来走去，又想起不久以前的春天倚在长椅子上生的嘉悦。但是这样一想，在她的心里更觉得暗淡。

华西利莎现在想起来，那时她还是很年轻很容易相信事物的女人。现在一切都从华西利莎的心里消失了。为什么呢？她完全不晓得。她只晓得一切都从她的心里消逝永不再来了。

有一次，乌拉奇美尔站在窗前看见华西利莎在庭中低头缓步。他在窗前站了一会儿便赶快跑回伊凡·伊华诺委奇的房里做他自己的事务。

这时，华西利莎悠悠地发出一声新的失望的叹息。她虽然期待着乌拉奇美尔走下庭园到她的身边来，可是他并不来。这样看起来，很明白的，乌拉奇美尔对她已经没有什么依恋了。在乌拉奇美尔看起来一定是事务比一位女人心里的痛苦更重要。

不知是什么声音把华西利莎吵醒了。周围都很光亮。她看见乌拉奇美尔不晓得在洋服柜中找什么东西。

"这样早起来找什么呢？乌奥查洛亚。"

"去接火车。货物到了。"

"一定要你去吗？"

"是的，不去监督不行。"

乌拉奇美尔站在镜前，结着新领带，但是结不好。华西利莎看见乌拉奇美尔这样的情形，想马上到他的身边，觉得身心都要和他结合起来了一样。

"乌奥洛查亚，这里来吧，我替你结。"

他走到床边弯下了腰。华西利莎替他结好了领带。两人不期然而然地互相望了一望，马上默默地拥抱住了。

"啊，华西亚！我的爱人华西亚！两人的身体住在一块，而心和心却互相远离，我实在非常痛苦。唉，为什么要这样呢？"

他把华西利莎的缩毛的头抱在自己的胸前，诉苦似的说。

"我就不觉得痛苦吗？我已经不想活了！"

"为什么我们两人要这样吵闹呢？"

"我也不晓得。大概是在我们之间有什么隔膜吧。"

"不是，华西亚，我们两人之间并没有什么隔膜。我的心是你的一切，只是你一个人的。"

"你不是要抛弃我吗？"

"蠢的，哪里有这话？"

继续接吻。

"唉，我不再谩骂了。那是后事！只是使我们两人痛苦的。华西亚，我不能失掉你。没有你，我就不能生活了，我俩不要再自寻烦恼了吧。"

"你不摆经理先生的架子了吗?"

"你也不要再煽动那些发送的职工们了吧!"

两人很高兴地大笑。

"请你再睡一会儿吧。今天不睡又不行了。我两点钟就回来。"

他说完这话,替华西利莎盖好了被,吻她两只眼睛后就出去了。华西利莎好像一切喜悦又回来,结果一点儿都没有失掉似的熟睡了。乌拉奇美尔不能马上从车站回来。他打电话来说要到事务所去跑一趟,吃晚饭的时候才回来。华西利莎心里很高兴,但是没有到麻布工场去,只在家里督促马利亚·莎美约诺维娜整理家事,忙了一天。

晚饭的时候,又有电话来,华西利莎去接。

"喂,喂。"

"乌拉奇美尔·伊华诺委奇先生在家吗?"

"不,还没回来。你是哪里?"

"事务所。"

"笑话!他应该还在事务所。"

"不,没有在这里,许久以前就出去了。对不起,骚扰你了。"

又是女人的声音。那女人究竟是谁呢?华西利莎很讨厌她的声音。她才到这里时,时常听见那位女人打电话来。不一会儿又打电话来了。华西利莎有时无意问伊凡·伊华诺委奇说,在工作时间是谁从事务所里打电话来呢?伊凡·伊华诺委奇说那一定是事务员们。可是为什么次次打电话来的都是同一个女人的声音呢?嫉妒之蛇又在华西利莎的心里抬头了。

乌拉奇美尔和两位事务所里的雇员回来晚饭。客人们谈着早上到来的货物的事。而那天乌拉奇美尔也没有忘记时常对华西利莎说惯了的话。身体怎么样，有照医生说的话去实行日光浴吗？这样的问长问短。

"不，我没有日光浴。"

华西利莎很无情似的说了这话便截断了那段会话，但仍不以为意似的附加着说："不知在什么时候从事务所里打过电话给你的那位年轻的女人今天又打电话找你。"

"年轻的女人？"乌拉奇美尔有点愕然。

"从事务所打来的？那一定是鸿光诺夫那东西打来的。年轻的女人？是怎样漂亮的太太！华西亚，你要见那面上有痣的肥婆吗？"

乌奥洛查亚很简单地这样说。但是华西利莎的心里仍然感觉不安。

不，那一定有什么古怪。

吃罢饭，事务所的"绅士"们已经回去了。华西利莎很喜欢，只留着她和乌拉奇美尔两个人。心偎着心。早上喜悦的预感实现了。

客人们刚回去不久，书斋里又有电话响了。乌拉奇美尔跑进书斋里去。

"啊，我哩！"很冷淡似的这样说，"我不是说过不要打电话来吗？"

哈哈的笑声。

"不用说，那是家庭的事。"

很不高兴似的。

"好吧。我一定要禁止的！"

这次就很热心了。

"好的，好的。"很温柔地说。

"不会久的。再见！"

华西利莎在隔壁听着他说。

和谁说话呢！和谁约定"不会久的"，对谁说"我一定要禁止的"呢？

乌拉奇美尔从书斋里出来好像没有注意到华西利莎，经过她的面前一直走进寝室去。华西利莎跟在他的后面。乌拉奇美尔对着镜子梳头。

"乌奥洛查亚，谁打电话给你！"

"沙威里埃夫！"

"沙威里埃夫？他回来了吗？"

"是的，今早回来的。"

"你会见他了吗？"

"华西亚，你为什么这样说呢？你为什么这样问呢？你不晓得我今早去监督起货吗？"

乌奥洛查亚好像很烦扰似的。

"现在马上就要去吗？约定了的吗！"

"是的，现在马上要去。"

暂时的沉默。

华西利莎觉得她的心脏跳得很厉害。心脏不是要破裂了吗？让它破裂吧！她再不能忍受比这更痛苦的了。她走到乌拉奇美尔的身边，静静地握着他的手。

"请你不要那样了吧，乌奥洛查亚，请你不要再干那事了……"

"什么事呢?"

他很不安似的怀疑地问。

"请你不要再和那些坏蛋的投机家们来往了。关于这事我是很受注意的。大家责难你的主要原因都是这事——你和那些坏蛋交游。"

"哎哟,又来了,你好像监察委员会的人说的一样。为什么你要这样苦我,这样压迫我呢!你想将你的裙裾束缚住我吗?"

乌拉奇美尔愤怒得满脸通红,摔开华西利莎的手。

"乌奥洛查亚,请你不要这样吧。刚才你说些什么话呢?我什么时候束缚过你的身体?请你自己明白地想想吧。我并不是为了我自己,而是为了你的事说的。请你不要自陷于深渊吧!现在你还有许多敌人,如果你再和沙威里埃夫交际,那么……"

"这对沙威里埃夫有什么关系呢?"

"啊,你说什么话?对沙威里埃夫有什么关系!?你不是说要到沙威里埃夫那里去吗?"

华西利莎疑惑起来了。

"不用说,我要去。可是,这有什么呢?你不晓得我是为了事务而去的吗?那不是不要紧的吗?"

"我不相信。"

她很热情地叫了出来。

"请你延到明天再办吧。明天到事务所去会他不可以吗?"

"华西亚,你真像一位小孩子。"

乌拉奇美尔说完这话,就变更他的话头继续着说。

"好的，老实告诉你吧，沙威里埃夫并不是叫我去商谈什么事的。如果是商谈，那在事务所里就可以了，他实在是今晚请客，叫我去玩牌。你知道的，我整个月都闷坐在家里，那时满身都是事务。唉，华西亚，难道寻点儿开心都不可以吗？我还年轻，又想大大地尝尝生活的滋味，而且我又不是一位隐者。"

"乌奥洛查亚，我明白了。"

华西利莎很悲抑地说。

"照你说起来，寻点儿开心本来没有什么害处。可是你忘记了一件事。和沙威里埃夫那样的坏蛋投机家们交游是不行的。你自己不是也说过你并不尊敬他吗？为什么又要和他交游呢？大家又一定会说乌拉奇美尔·伊华诺委奇和沙威里埃夫混在一块了。那么，问题又会死灰复燃了。唉，乌奥洛查亚，今天请你不要去，谢绝他吧。"

"蠢东西！"

乌奥洛查亚很不耐烦似的。

"如果委员会会这样说，连私人的交际也要告发，那么，那并不是委员会，而是垃圾会。华西亚，你把一切估量得太过了。"

"我讨厌你到他那里去。他也晓得那会使我讨厌。他是想故意使我难过才请你去的。你不是在电话里说过因为家庭的事不能去吗？随后你不是笑了吗？乌奥洛查亚……"

她很兴奋。

"我真不高兴你和他人——而且是沙威里埃夫——把我当成笑柄。好像你们笑我束缚住你似的……"

"实际上，你不是不放我走吗？"

"你还是那样想吗？好的，你自己自由去吧！不过请你顾虑着一件事情……"

她的眼睛发出了光芒。

"……我已经忍受够了。我已经尽可能地援助过你为你受苦，为你辩护了！能够走得通的路我都走过了。你要去，你就去吧！不过，不过，我也有我自己的路。"

华西利莎"歇斯底里"地大声叫着。

"你的'歇斯底里'真讨厌！为什么你要束缚住我——叫我怎么样呢？"

"乌奥洛查亚！"

华西利莎带着泪说。

"我从来没有求你做过一件什么事。而今天，只求你不要出去，为了我，为了你自己。"

"啊，女皇帝！你们都是一样的东西。爱情的奴隶！"

乌拉奇美尔很愤怒地叫着，经过华西利莎的面前走出门外。接着是关大门和轰轰然的汽车声音。

"利莎姑娘，我到你这里来了。请你不要见怪吧。我和他永别了。"

华西利莎不断地说，因为太失望，连眼泪都没有了。

"你和他永别了吗？啊！早点儿实行还更好！我们真有点儿不明白为什么你能够这样忍耐……"

"意志不合距离得太远了！"

华西利莎哭着说。

"那不用说自然是的。可是，为什么你会爱他呢？"

华西利莎没有答复这个问题。从前发生的事实在连她自己也不相信。她怎样也不能忘记那个屈辱。她不是才初次要求乌奥洛查亚做事吗？而他怎样呢？他恰好像踢一个死人一样。究竟为什么呢？根据什么理由呢？不是为了和盗贼一样的投机家沙威里埃夫及他们一道的坏蛋们玩牌去吗？在乌奥洛查亚看起来，华西利莎的痛苦和悲哀一点儿关系也没有！他只贪图自己个人的愉快，贪图他个人的享乐。这样还是恋爱吗？这样还可以说是华西利莎的朋友、华西利莎的同事吗？这样还可以说是共产主义者吗？

利莎听见这些话莫名其妙，摸不着头脑。这事究竟怎样发生的呢？沙威里埃夫又有什么关系呢？

"沙威里埃夫有什么关系？不是通通都是那位坏蛋投机家干出来的吗？乌奥洛查亚是给他引诱到他那里去的。"

"你以为乌奥洛查亚到沙威里埃夫那里去了吗？"

"为什么？你以为他到哪里去了呢？你不相信吗？"

"我只相信一件事，那是街上的传说。只有你一个人不晓得。你想晓得吗？你想明白地晓得那事吗？"

"利莎姑娘，什么事呢？请告诉我吧。"

"告诉你吧，乌奥洛查亚另有姘妇？

"姘妇？"

华西利莎不能马上明白那个意义似的望着利莎，也并不特别惊愕，也并不特别悲叹，只不知怎的在她的面上露出惊诧的神色。

"姘妇，谁呢？"

"不是和我们一样的女工。她是事务员。"

138

"你见过吗？"

"见过，街上也这样传说。"

"传说！为什么呢？"

"那是时常都很好装扮的人。同志们都不很满意乌奥洛查亚。美霞罗·巴罗委奇先生应该对你说过了。你不是应该晓得的吗？别的什么事你都很聪明……只有这事你却蠢鹅一样没脑筋！"

华西利莎好像有别的什么事萦绕着她的心似的说。

"乌奥洛查亚爱那个女人吗？"

"这我倒不晓得。应该是爱的。乌奥洛查亚先生不晓得追随过她多少月日了。一般人都以为你来了，这问题就可以解决了。谁知他却可以乘汽车去温存她。"

"那个女人有家庭吗？"

"或许比你的家庭更有趣！"

现在明白了。"他有两个家庭。"

现在，华西利莎一切都明白了。她只是还并不明白为什么乌奥洛查亚要骗她，使她痛苦，假意温存她。

"咳，你以为乌奥洛查亚是怎么样的人呢？你以为他在你的面前有悔改的理由吗？你以为他去探访女友应得你的许可吗？监督这些就是你的任务。如果你不做这事，那就是你自己失责。你不是应该自责吗？"

"利莎姑娘，为什么你只是说我愚蠢呢？那不是很小的问题吗？问题不是只在他是真爱那女人，还是表面敷衍她的这点吗？"

"哎哟，你说些什么？我完全听不懂你说的什么！不用说，乌奥洛查亚爱那个女人。那'爱'的证据，就是他时常奉承那个女人，送些贵重的东西给她。"

"你以为这样吗？可是我……我不晓得。"

"你真还以为乌奥洛查亚恋着你吗？你自己欺骗自己哩，华西亚女士！你自陷于深渊。不用说，乌奥洛查亚很喜欢你，很尊敬你，因为你是他的太太，又是他的僚友。不过，我想，如果说恋与不恋的话，那恐怕已经是从前的话了。"

华西利莎摇头。

"我还不能同意。"

华西利莎这样强硬，使利莎很气恼。因此，利莎转过了话头来说那个女人的事。第一，她是图画一样漂亮的。而她的衣服怎么样呢？时常都是穿绸着缎，随时都给她的赞美者围绕着。沙威里埃夫也是她的赞美者中的一位，他当然是认识她的。她住的地方每晚都车水马龙，人才济济。但据说是乌拉奇美尔和沙威里埃夫两人包养她的。

不知怎的在华西利莎听起来，这些话是最难入耳的。

乌拉奇美尔已经堕落到这步田地了吗？他竟这样地爱女人吗？华西利莎不相信她的耳朵。怎样也不相信！那一定有什么蹊跷的。

但是和她说话的利莎却已经很愤慨了。

"好的，那么请不要信我吧。这是你自己的事。不过请你问问别人去吧，谁也是同样这样说的。她是沙威里埃夫的秘书，住在他的事务所里。后来乌拉奇美尔却把她勾过来。而且或许还有别的人和她发生关系。据说伊凡·伊华诺委奇也和她有什么关系。因此，监理部的两三个人时常都到她那里。真的是卖淫妇了，不过没有登记罢了。现在她们不登记实在还更方便。"

"乌奥洛查亚恐怕不会和那样的女人陷入恋爱吧!"

华西利莎非难着说。

"为什么你这样想呢?所谓男子,特别像乌奥洛查亚那样的男子就是喜欢那样的女子,那很明显。那淫妇越淫荡,他就越喜欢她。"

"哎,请莫再说了吧,利莎姑娘!说些什么话!你不了解乌奥洛查亚的,为什么你要那样批评他呢?"

"为汁么你还老是为乌奥洛查亚先生辩护呢?在街上把你当成笑柄的不是他吗?而你还守城似的为他辩护!"

"把我当成笑柄!怎么样呢?乌奥洛查亚的行动与我有什么关系呢?我是一点儿关系也没有!利莎姑娘,你误解了。我所苦恼的不是那事,而是别件事。"

"我知道了,你是因为他不爱你而苦恼的吧。"

"不,利莎姑娘,不是这样。我自己心里明白,但是我不晓得要怎样才能说明。我要怎样说才好呢?我们两人不是很要好的僚友吗?而你却赶快对我说'乌奥洛查亚抛弃你,欺骗你,恐吓你!'恐吓我!?为什么会那样呢?说我时常阻塞着他吗?说我时常干涉他去恋爱吗?那是不会有的。乌奥洛查亚一定不会那样想。也许还有什么别的原因吧。他是不会那样爱那个女人的。"

"你永远是这样疑虑!"

利莎很愤慨似的振动着手说。

"不能和你说话的。你还是爱着乌奥洛查亚。'要打由你打,要踢请你踢吧,那些事在我并没有什么。我是你的从顺的妻子。你要我舐你的鞋我便舐你的鞋。'但我却不能这样,如果是我,那早已设法对付了。一定早已用什么方法对付那男子了。"

华西利莎虽然并不否定利莎的这些话。可是当利莎说乌拉奇美尔越说越坏的时候，华西利莎却仍热心为他辩护。华西利莎想对利莎说明，乌拉奇美尔不好的地方并不是他有情妇，他爱情妇，而是把那事隐蔽着不对华西利莎说。乌拉奇美尔的行动已忘记了华西利莎是朋友是同僚，而以路人对待她了。就算是路人也不是这样，他对华西利莎不是连一点儿信用都没有吗？华西利莎不是应该主张她的所谓正妻的权利吗？

"那一定要主张的。"

利莎很大声地说。

"那自然！拿来作笑柄是不应有的！如果有那样的事，从他那里分离出去是当然的事！"

华西利莎仍然抗辩着。她时常都是这样的，心里虽然责骂乌拉奇美尔完全不能和他兼容，可是如果有谁攻击乌拉奇美尔时，华西利莎又马上站出来为他辩护。人们都不了解乌拉奇美尔，只有她一个人了解那"美国人"乌拉奇美尔。一提起"美国人"，华西利莎的眼泪便流出来了。她想起了绰号叫作"美国人"的乌奥洛查亚指挥同志们为苏维埃而斗争的事。

华西利莎泪浪滔滔地伏在利莎的腕里。她并不是为做经理的乌拉奇美尔，而是为所谓"美国人"的乌拉奇美尔而悲泣。

"利莎西加！我实在难堪了，我疲乏极了。"

"怪可怜的！我们不能不忍耐。那已经是过去的事了。去年我自己也曾有这样的经历，但是现在，我就是会见他也没有什么了。"

利莎的床让给华西利莎，而她自己却睡在几张椅子上面。可是，华西利莎怎样也不能熟睡，而利莎因为整天工作现在已经熟睡了。华西利莎翻来覆去，时而起来，时而睡下，怎样也不能睡。脑筋里乱七八糟地想着，破坏了心的平静，使她很痛苦。那恰好像从前华西利莎到乌拉奇美尔的房子里看见女人的亵衣，而乌奥洛查亚又给人家拘去了的可怖的晚上一样。

使华西利莎痛苦的并不是嫉妒。乌拉奇美尔对她不诚信却是使她最痛苦的。如果不是这样，那么，华西利莎一切都可以容忍。所谓男子就是连自己的心都不能支配的。华西利莎不相信他会再爱别的女人，怎样也不能相信。不过只是发生那种"关系"罢了，因为几个月间，热情的他都是过着孤独的生活。（此时华西利莎又想起了她的侄女西绡莎的事。）乌奥洛查亚和华西利莎相结的关系一直连续到现在。也许华西利莎还不想和他分别。照利莎说的话看起来，乌拉奇美尔也不过只是好和女人们社交吧。纵使就是事实，一切也并不是恋爱的问题。华西利莎想找寻解除苦恼的更好的道路，而以为乌拉奇美尔也早已超脱那种关系了，可是他并没有实行。

华西利莎想起了乌拉奇美尔那种时常变调的脾气，有时爱这件东面，等一会又忘记了。烦恼的时候乌奥洛查亚是很烦恼的。他已经晓得一个女人在自己的背后磨着刀子以嫉妒的眼光望着他，他还能平心静气地和爱好的女人生活吗？华西利莎现在想起来，觉得乌奥洛查亚有时想忏悔什么事似的而又不说出来。好像那天早上他和搬运货物的人们冲突后想对华西利莎说什么一样，华西利莎直至现在都还期待着他说，她的心里也很不安定，又咳嗽起来。乌拉奇美尔又停止刚才想说的话了。那么，乌拉奇美尔是哀怜华西利莎吗？

如是哀怜她，那一定还爱她。可是他真还爱华利西莎吗？如果这是很明显的事，那么，那青绢是什么呢？为什么拿同样的东西赠给两个女人呢？

"唉，华西亚，我买些东西给你哩。我不能忘记我那疲乏了的爱妻。请你悄悄地拿起这绢布吧。"

畜生！华西利莎好像和乌奥洛查亚吵架似的握着拳头。华西利莎想，昨天他并不是到沙威里埃夫那里去了。沙威里埃夫不过是他的借口，和他并没有什么关系。

如果乌拉奇美尔只是有姘妇，而那姘妇爱着他演着喜剧，那华西利莎并不会那样愤慨。如果只是那样，她只叹自己的不幸，一切事情也能够理解。可是，如果把华西利莎踏在那下等的投机家沙威里埃夫的面前却实在太难堪了！如果光是姘妇的问题，那是可以理解的。她真能容许乌拉奇美尔吗？华西利莎能爱那白狮毛狗，忘记那青绢布的事吗？

十

利莎大概已经出去上工了，门打开来，马利亚·莎美约诺维娜用黑花边的肩披卷着头走进来。她喘着气。那是暑天——已是盛夏了。

"早安，华西利莎·德孟查维娜太太。老爷叫我带一封信给你，老爷叫我坐马车快点儿去。可是，现在哪里还有什么马车，我跑到连气都喘不过来了。"

华西利莎拆开印有事务所的地址的信封，她的手指僵硬到石头一样了。

　　华西亚哟！你究竟打算怎么样呢？你想对我怎么样呢？为什么你要这样毫无慈悲地使我痛苦呢？难道你想于这地方扩大丑闻，供给消灭我的新材料与我的敌人吗？你不是常常说你是站在我这方面的吗？为什么你现在又站到我的敌人方面去了呢？你破坏了我的灵魂。我再不能这样生活下去了。你如果不爱我了，那么请你对我说明白吧，为什么你要在我的背后刺我呢？你知道，我是只爱你一个人。那般坏蛋们说我什么都是毫无意义的蜉蝣似的流言。请听吧，我敢向你发誓，昨天我并没有和沙威里埃夫在一块儿！我敢发誓，我昨天所到的地方是遵守对你的誓约的。我的心脏只为你一人而跳动。我已经不行了，请可怜我，快回来吧！我会看着你那可爱的两眼说明一切！如果你是站在我这方面做我的同志，那你一定会回来。如果不是——那么，永别了！不过，你要晓得，没有你我就不能再生活了！

　　　　　　　　　不幸的你的乌奥洛查亚

　　华西利莎将这信反复读了两遍。现在，她的心充满了优柔的感情，眼泪又涌上来了。可是，她一想到"蜉蝣似的""我只爱你一个人"这些话时，她又愤怒起来了。还说她"苦"他！呸！他还敢向她乞怜！他真有怜她的心吗？他不是使她痛苦够了吗？她的眼泪已经干枯了，她紧闭着她的苍白的嘴唇。

　　"不幸"什么！请不要说吧！"不幸"！什么"不幸"！整夜和其

他女子玩，送青绢布给那女人！昨天她是怎样地请他不要去！她把全灵魂都贯注在那两眼里了。而他却突然摔开她，摆出合法丈夫的架子怒骂她就走出去；现在却说，"我只爱你一个人"。胡说！他不爱我的，没有恋爱，只是痛苦和辛劳！那么，为什么还要写"永别了！不过，你要晓得，我没有你我就不能再生活了"呢？真是那样吗……真吗，蠢东西哩！他又想以此骗我，使我后悔再做一次蠢事回他那里去吗？

她再读一遍那封信。

那时候，马利亚·莎美约诺维娜完全不关心似的坐在那里，用手巾抹汗，扇着风凉。

"昨天你走了不久，乌拉奇美尔·伊华诺委奇先生便回来。问你到哪里去了，然后走入书斋里整理文件。半夜又到厨房来问你回来了没有。'没有。'我答了后，他又到对面去了。后来，他送伊凡·伊华诺委奇走后走入寝室去，才看见你留下的信。无限悲伤地小孩似的哭泣着，整夜都没有睡，在房里走来走去。今天早上也没有吃早茶。他说什么也不要。'快去找华西利莎·德孟查维娜，到所有朋友们家里去找找吧，找不到她可不要回来。'"

华西利莎听见这些话，对于乌拉奇美尔过去的恋爱又觉得心痛。他在夜深竟独自待她回来，不断地悲泣着叫她，华西亚！华西亚！但是这在她是怎样的痛苦呢？她的心是怎样地追求着他呢？她觉得嫉妒。缔结着他俩的心的丝线似乎还没有切断；两人的恋爱并不是失掉了的金钱。为什么要使痛苦再延长下去呢？难道她又和睦地再回到他那里去吗？

"你来的时候，乌拉奇美尔·伊华诺委奇做什么呢？是到事务所去吗?"

"你问我来的时候吗?他正打电话给他'可爱的女人',或许正对她说着苦闷的事。或者竟对她说着喜悦的事也未可定,我真不解他这个人!愿你不要有什么不好的批评才好!"

他又叫他"可爱的女人"吗?在现在?在这样的时候?刚写了给华西亚的这封信,又打电话给那女人吗?那么利莎说的话许是真的。他只是不想把丑闻传出去,才叫这位华西亚回去。如果她不是这样得人尊敬的女人,他就不要她了。所以现在他只是因为想屈辱她,才叫她回去。不去了!再也不去了!已经受够了!她不再回他那里去,不再入陷阱了!她的脑筋好像纺轮似的回转着。

"你回去对乌拉奇美尔·伊华诺委奇说吧,我不回去了,就是这样,你快点儿回去吧!"

"已是这样,那就不必这样快了。已是这样,快也没有用了。华西利莎·德孟查亚太太,你一向都没有注意到这样的事,因为有这样大方的满不在乎的太太,所以乌拉奇美尔·伊华诺委奇先生就当然会干那样的事。

可是,那也并不完全是他不对,你也有点儿不妥的地方。在这世上有谁像你那样让那年轻的丈夫独自生活几个月的呢?这样看起来,乌拉奇美尔·伊华诺委奇先生还算是很好的丈夫。他时常都关心着你,时常都问我送了'古古茶'给你了没有,送鸡蛋给你没有,连你的衣裳他也很关心,从来没有对你说过什么不好的话。至于对女人的问题——谁也有不对的。你是一位很好的太太,大家都以你为模范。而在另方面,主人也不过送些金器给那个女人罢了。"

听见马利亚·莎美约诺维娜这样说,华西莎的心又渐渐痛苦起来。如果她也这样想，那一切实在都很单纯。可是究竟什么是使她痛苦的，连马利亚·莎美约诺维娜也不晓得。乌拉奇美尔早已不是她的心腹了。她已经不信任他了，两人已经没有互信了，为什么还要同住在一块呢？

"华西利莎·德孟查维娜太太，我等你想到黄昏的时候再走吧！我等你想清楚了再把你的事报告老爷，不更好吗？那样更好。你也许是在愤怒的时候说出这样的话吧，谁也会在愤怒的时候把事弄错的。为了免得你将来后悔和悲泣，我特意再对你这样说。"

"讨厌了！请你不要再说了吧，马利亚·莎美约诺维娜。说一百遍也不行的。我已决意不回去了。一切都已经完了！"

她说话的时候，嘴唇颤动着，大粒的眼泪缓缓地流在面颊上。

"嗯，嗯，那是你自己的事，我能够说的都说过了，行不行那是你的自由。"马利亚·莎美约诺维娜说了这话就走了。

华西利莎好像负了重伤的野兽似的大声哭起来，连街上都可以听见。一切都完了！不再回去了！别了，乌奥洛查亚，永别了！

华西利莎没有什么安慰地只是伏在利莎的枕上哭泣，不知什么时候睡落去了。前晚她一点儿也没有睡过。

她给窗下很大的停汽车声音惊醒了。

谁的汽车呢？她飞身起来。乌拉奇美尔来接她吗？她的心里充满着希望和喜悦。她打开了窗门——华西亚，仆人华西亚，就站在门边。

"华西利莎·德孟查维娜太太，发生了大变故了！乌拉奇美尔·伊华诺委奇先生服毒了。"

"什么？做什么？哎哟！"华西利莎飞跑下来和那仆人握手，"死了吗？"

"不，还没有死。不过现在正陷在空虚和苦恼中，不断地叫着你的名字。伊凡·伊华诺委奇先生叫我乘汽车来接你。"

华西利莎连帽子也没有带，就穿现在穿着的衣裳乘汽车去。她的齿根合不拢，好像患热病似的在那里打战。

她杀他了！她给他以精神的致命伤！她拒绝了怜悯与援助他！今早才来这里的——他是怎样地乞求她呢？

她睁着两眼凝视着前面。那眼里没有悲哀，只含着必死的幻影。

华西亚没有注意到她的眼睛。她继续说这次的事是怎样的重大。她觉得发生了这样有兴味的事实在很有趣。

她说乌拉奇美尔·伊华诺委奇早上到事务所去。大约一点半钟就回来了。他关闭了书斋，找出华西亚藏着试验用的各种染色药来。那时华西亚正忙着扫除中庭，扫完地回到屋里时听见书斋里有人呻吟的声音。走去看看是什么事。原来乌拉奇美尔·伊华诺委奇倒在长椅子上翻着白眼，张着口，流着泡沫。这才明白是什么事……

华西亚跑到街角医生那里。医生正在吃饭。华西亚对他说明事情的紧急："那人快要死了，饭还可以等一会儿吃的！"华西亚两次坐汽车飞跑到药房去。伊凡·伊华诺委奇跑来了。全家都翻覆了似的。

华西利莎倾耳听着，可是一句话也没有入耳。她自己好像是死人一样。除了乌拉奇美尔和他的受难外，什么别的东西也没有。这些同样占领着她的心。如果乌奥洛查亚死了，那她的生活也完了。遗留的只有空虚，比坟墓更可怖的空虚！

她和仆人一块走进家里。伊凡·伊华诺委奇正带医生走到门口。

"不要紧吧？"

"尽我的力量去办就是了。不到明早什么也不敢担保。"

她走进寝室去。乌拉奇美尔呻吟的声音渐渐大起来了。她觉得是她自己呻吟似的。难道乌拉奇美尔就离了她离了华西利莎而去了吗？寝室已经改变了。绒毡已经卷起来，寝床已经变动了。那个寝床已空着。乌奥洛查亚到哪里去了呢？那个什么长大的白东西躺在长椅子上。面上是带着苍味的灰色，两眼闭着，停止呻吟了。

怎么样了呢？死了吗？

"乌奥洛查亚！乌奥洛查亚！"

医生很不高兴地对她说：

"静点儿吧！现在并不是发'歇斯底里'的时候！"

戴着白帽子的看护妇帮着手，医生忙着救治乌拉奇美尔。两人都很严肃似的叫华西利莎不要接近乌拉奇美尔。

他睁开了眼，很慌张似的呼吸着。他还活着！

"先生，"华西利莎哀恳着说，"请你真实地说吧。还有希望吗？"

"心脏还跳动就还有希望！"医生遏止着她那愚蠢的问话愤怒地答。

这究竟是什么意思呢？"心脏还跳动，如果不跳动了呢？！"

她并不再问了。医生忙个不停，和看护妇两人扶起乌拉奇美尔的头不晓得放些什么东西进他的嘴里去。

乌拉奇美尔再呻吟起来了。那是很短促很悲哀的泣声。华西亚听着。现在，她什么感觉也没有了，完全陷于痹麻的状态，好像五官的感觉都被夺去了，停止了气息似的。

那是薄暮，随着是暗夜。寝室里开着灯。有几位别的医生也跑来商谈。叫仆人到卫生部去拿特别的药剂。

不准华西利莎见乌拉奇美尔，他也不要求见她。他完全丧失了意识，有时短短地啜泣地呻吟。她听见他呻吟的时候，她的灵魂好像脱离了一样。灵魂和肉体斗争，而肉体又不能解放灵魂。

华西利莎失了魂似的，连她自己也不晓得干什么才好，只是在医生们之间走来走去。

她忽然想到一件事情，好像电击似的打着她。街上一定会有许多谣言。大家都会说，共产主义者——他的自杀！为什么呢？谣传会越传越远。她不能不着急，不能不赶快设法制止那些谣传。他们一定会猜七猜八的。怎样发生的呢？什么原因呢？唉，是了，食了毒蕈！他在早饭的时候误吃了毒蕈，现在快要死了。她想起了她到祖母的乡里时曾发生过的事，一位裁缝匠从街上去找他的弟弟，带些他自己采的香蕈来，弄来做菜，吃后便死了。

华西利莎去打电话。最初是打电话给美霞罗·巴罗委奇。她打算和他会面的时候才一五一十告诉他这次的悲剧，而现在只简单地说乌拉奇美尔·伊华诺委奇中了蕈毒快要死了。随后她打电话给委员长，再打电话给别的同志们。

她和伊凡·伊华诺委奇商量对监理部那些人们说明这事，然后对仆人华西亚和马利亚·莎美约诺维娜详细说明这些话。那位感觉很锐的华西亚只歪着嘴唇，耸着肩膊：什么也不说。那样很好！在她看来，怎样也是一样的。但马利亚·莎美约诺维娜却很不高兴，闭着嘴，两手叉在胸前。她不赞成中毒蕈的话。

那样牛高马大的男子也还会中蕈毒吗？谁也会说："那厨子为什么那样不留神！"

但是，华西利莎却拼命地说，她已经对大家说过他是中毒蕈的了。

"你要怎样说就怎样说吧！可是，那并不是很妙的说法。别的东西还更好——而要说中蕈毒！那有毒的蕈是谁煮的呢？"

华西利莎从厨房走出来。马利亚·莎美约诺维娜再也不能平静下去了，把那些器具弄得乱七八糟。"就这样把那些东西弄得乱七八糟吧，横竖不好的是我，总而言之，连恶魔也掘下了陷阱叫我进去！真的，那都是马利亚·莎美约诺维娜不好！我连蕈的好坏都分不出来！真的，啊！不是最愚蠢不过的人吗？我已经做过二十年的厨子了——哪里也找不到像我这样的厨子；连男大师傅也比不上我！你们看看我那里堆着的香肠吧！就是那从前高罗波委将军的太太，你们晓得是非常傲慢的，也除叫我马利亚·莎美约诺维娜外从来没有叫过第二个名字。那个百万富翁波卡奇罗委家里也说我弄菜的味道好，圣诞节的时候还赏了我一个金表和金锁。现在，你们看怎么样呢？那般东西想怎样说我——'马利亚·莎美约诺维娜拿蕈毒给经理吃。'竟敢说那些胡七乱八的话。我办得到的不是尽可能地办到了吗？我觉得华西利莎太太那副可怜的样子，关于老爷的情妇的事一句话都没有说过。你们看看他们的态度怎么样吧！他们是怎样欺凌弱者！他们哪里是什么共产主义者……""为什么发怒呢，马利亚·莎美约诺维娜？为什么生气呢？"华西亚深思地说，她正啜着很好吃的什么汤。

"什么也没有，是的，不是只照着吩咐去做就好了吗？真相一定会明白的。一定不会有人说你的坏话，那些人们不过想掩饰那些不好的谣传才用误食毒蕈这些话罢了。我觉得这样的事是很有趣的。不是很有趣的事吗？鲜血溅着哟！这比电影更有趣呢！"

"啊，你这小子又玩起来了，什么有趣！人都快要死了，还有趣什么！这世界究竟是怎么样的呢！那般东西都不爱惜生命吗？只因为一点儿无意义的事就要自杀！？这时候的人们都讨厌生了，都是触了神怒天罚的！"

"怎样要你才说是触了神怒天罚！我虽然不是共产主义者，但是我并不信神。"

"那你就不行！光是坐在那里胡七道八什么也不管，拿拿碗碟也不要紧吧！那些医生们又不知怎地要用这么多碗碟。老是说要茶，要什么，说个不休！那是会邀神罚的！今天晚上也还是这样说。那个装扮到三毛猫一样的乌拉奇美尔·伊华诺委奇先生的情妇的女仆，在我弄饭给医生吃完以后，又拖着裙裾，披着白麻布的围巾，头上佩着蝶花，摇摆着屁股走来。'我家的太太叫我来问问乌拉奇美尔·伊华诺委奇先生的身体怎么样了。'她对我说。身体很好，不久便要接近神了。无论谁的罪过神也会裁判的。你回去对你的太太说，快点儿到教会去忏悔吧。总之，不好的只有她我这样答她？"

在华西利莎面前，马利亚·莎美约诺维娜是一位沉默寡言的人。但是她和别人说话时却滔滔不绝，说个不休。

全家都很镇静。人们都在白天往来。监理部的委员们、同志们和医生们还是不断地相量着。利莎和华西利莎彻夜看护着。华西利莎独自挂念着也许快要临终了。利莎也觉得她自己要负一半的责任，因为她使华西利莎反叛乌拉奇美尔以致焚杀他。

华西利莎一手支着鬖发的头，沉思着坐在乌拉奇美尔躺着的床边。如果乌奥洛查亚真的死了，再不能和她同住时，她怎么样呢？革命？还是为党工作？党是良心上没有罪过的人的世界。但是华西利莎连在梦中也不能忘记她杀了乌拉奇美尔。如果因为什么堂堂正正的理由还有可说……可是不过因为女人的嫉妒！如因为他和沙威里埃夫那些盗贼一样的人往来，或是他有背叛民众利益的行动，那还有话可辩护。但是，现在为了什么事呢？不过为了一个女人而杀了一位同志！而且是这样难得的同志！她以为现在他已经不爱她了。可是事实上，他是爱她的，为了她要自杀！如果没有她，他的生活是怎样的空虚呢？这个发见使她流着甘苦的悔悟之泪。她凝视着她的爱人温柔地嗫嚅着说："你，你能赦宥我吧？你能够忘记那些事吧？我最亲切的友人！"

他动了动他的身体，很痛苦似的摇着头。

"水……水……"

华西利莎静静地看护妇似的从枕上抬起他的头，把水给他。

乌拉奇美尔饮了一点儿水，张开了眼睛望望她，可是他好像什么也看不见似的。

"好了一点儿吗？乌奥洛查亚。"

她很关切地遮在他上面。

他没有回答，再睁开眼睛，又再闭上。

"伊凡·伊华诺委奇在这里吗?"他毫无力气地说。

"不在这里，你要叫他吗?"

他点着头:"是的，叫他——打电话叫他吧。"

"不过，医生吩咐，叫你不要做什么事情。"

乌拉奇美尔很难堪似的。

"为什么你要这样苦我呢，最少现在请你去叫他吧。"他闭着眼睛。

华西利莎觉得利刃刺着她的心似的。为什么他要那样说"为什么要这样苦我呢，最少现在"呢? 已经惹起这生死的苦闷，他还不容赦她吗?

她去叫伊凡·伊华诺委奇。

他来了。乌拉奇美尔和他两个人要商量什么似的请华西利莎暂时出去。她便走出庭园。

红蔷薇已经凋谢了，番芍药也盛开了。太阳毫无赦容地照着她的手、她的肩和她的头。那已不是爱抚着她一样的春天的阳光，而是灼热地晒得她发痛了的。庭园已荒芜，忍冬葛好像常春藤似的很茂盛地盘络着，天空不很澄苍，在那炎暑的空中盖着一片镕银色。

华西利莎在火热的地上走来走去。

哪! 乌拉奇美尔一定不能容赦她! 他一定不能忘记这次事件! 他叫她回去的时候，她就听他说马上就回去，那就什么事都不会有了。但是现在，她已失掉他——永远失掉赞美她的恋人、她的朋友、她的同志。乌奥洛查亚不再信任她，不再信赖她了。华西利莎忽然站在春间开满白花的'阿加西亚'树旁。她闭着眼睛。为什么他要服毒呢？为什么他还平常似的活着呢？"华西利莎·德孟查维娜太太，乌拉奇美尔·伊华诺委奇叫你。"伊凡·伊华诺委奇说完这话便坐汽车飞也似的不晓得到什么地方去了。

到什么地方去呢？告诉乌拉奇美尔的朋友吗？但是华西利莎早已不注意这些事了。

过去的幸福永远不能再恢复了吧？

那是酷热的盛夏。灼热的太阳使人窒息。放下了窗帷，乌拉奇美尔睡着。华西利莎跪坐在床边驱逐苍蝇。

为了恢复健康，他不能不多睡一会儿，他太受苦了。

只有华西利莎和乌奥洛查亚住在家里。马利亚·莎美约诺维娜出去买东西，仆人华西亚也出去了。

华西利莎很欢喜只有她和乌奥洛查亚两个人。不知怎地她觉得他是她的东西、她的财产似的。他已经虚弱不堪了。

只要他了解她的心，那他便会晓得她是怎样热烈地爱他，怎样为他受苦，怎样希望他的爱抚；她是怎样孤独，怎样饥渴的。为什么乌奥洛查亚只是对她沉默着呢？他已经不正视她了。她给他换置枕头的时候放得不好，他便苛责她说："一个看护妇连这样都弄不好！连枕头都不会放！"

不用说，和病人说话是不能期待过奢的，可是，虽然是这样——为什么他要这样呢？他的心里还不能容赦她吗？如果再这样一块儿住下去，那不是依然要孤独地、暗淡地、凄冷地生活吗？

她望着乌拉奇美尔的那些可爱的长睫毛和可爱的面孔。两人初会面的时候，华西利莎是因那些睫毛而陷入恋爱中的。而她俘虏他的她的美发，现在，她的头发已经没有了……

那已是从前的童话似的事了。她的头发好像魔术似的迷住他，而随着头发的剪断，爱她的恋人也离开她了。那时是一九一七年，他俩正恋爱着。随后，白军又开始反抗，他们协力逮捕反逆者的那晚。"华西亚，万一我死了，你千万不要一刻放弃你的工作，眼泪以后再慢慢地流好了。""我也是这样，乌奥洛查亚，我们誓当如此。"他俩手牵着手，互相望着，毫不犹疑地踏上他们的征途。那是一个严寒的晚上，繁星闪耀着。华西利莎和乌拉奇美尔与同志们都踏着白雪前进。

华西利莎想到这里，心里又和缓起来了，好像从失掉了的幸福放射出来的温情溶在她的心里似的。华西利莎在这次发生不幸的时候并不哀泣，也不悲伤，只是呆呆地茫然自失。眼泪从她的脸上缓缓地流下来了。并不是为了痛苦而流的热泪，却是柔和的悲泪，为了悠远的将来的幸福而悲泣。

"华西亚——为什么——华西亚——做什么呢？"

乌奥洛查亚从枕上抬起头来望着她。他的眼光已不是不看她了，也不冷漠了。那正是"这个人"的眼睛，充满着乌奥洛查亚的爱和情的眼睛，在那眼底里还藏着一抹的哀愁。

"怎么样了，华西亚？唉，你为什么哭呢？"

他伸出一只手去摸她的头发。

"乌奥洛查亚，你能赦容我吗？唉，你能赦容我吗？"

"什么，华西亚。有什么要我赦容的呢？请不要哭了，我们谈谈吧。坐这里来。我们还是像现在这样活着，老是沉默着是很痛苦的。"

"可是，现在太兴奋了不行的——恐怕对你的身体不大好，改天再说吧。"

"不，改天不行。华西亚，和我说说吧。我实在太不幸了！我就是因为太不幸了才要死的。现在虽是复活了，然而要怎么样活下去才好呢？我还是不晓得……"

"我们一块儿找去吧，乌奥洛查亚。总之在你看起来我并不是别人。"

"华西亚，你晓得了吗？"

她点头："我晓得了。"

"那么，你晓得是什么使我痛苦的吧。你常常拿不关紧要的事来非难我，常常拿沙威里埃夫的事来挖苦我。"

"是的，乌奥洛查亚。"

"而你还有一个错误。你以为我爱那个女人吗？唉，华西亚，我只爱你一个人，我只爱你和你这个我的守护之神、我的忠实的同志。所以，华西亚，你和那个女人是不同的，完全不同的。说什么都好，说我没有自制，说我什么都好，但是不能说是恋爱！而你却因此发生嫉妒，猜疑我，监视我的行动。"

"哪里，乌奥洛查亚，那样的事决……"

"请不要强辩了吧。那个青绢布的事怎样？你不是很不高兴似的问过我吗？'你搽了香水吗？'沙威里埃夫住在哪里？带我去会会他吧。"

"我从来没有监视过你的行动，乌奥洛查亚。没有，一次也没有，我不过想象过那一切很不痛快的事。现在，我连这些想象也完全抛弃了。我信任你，我还是继续信赖你。"

"请不要再说这些空话了吧！你曾嫉妒过。你为什么不明白说出来使我那样痛苦呢？为什么你不能超然于那样的事呢？我们两方都有错误！"

沉默。两人在沉思。

"我们能够这样继续生活下去吗？乌奥洛查亚。"华西利莎很悲抑地问。

"不晓得，华西亚。我不中用了。要怎样才好，连我自己也不晓得。"

两人再沉默着。两人心里都有许多想说的话，可是都不能触动对方的心。

"真的，乌奥洛查亚，你和那个女人住在一块儿不幸福吗？"华西利莎很慎重地问，连她自己也惊异她能够这样地镇静。

"华西亚，华西亚！你还不信赖我吗？你还不晓得我爱谁吗？我不是因为失了你的缘故才自杀的吗？"他的声音和眼睛分明蕴藏着非难她的神气。

她的心欢喜得打战了。

"乌奥洛查亚！"

他们相抱着，他们的嘴唇互相探求着。

"不要这样吧，华西亚！请静一点儿吧，华西亚！我还没有力气呢！你看，像我这个样子连接吻都不能够……"

在这快乐的微笑中，乌拉奇美尔抚摸着华西利莎的头，但在他的眼睛里还带着忧愁的微波。他们间的障壁还没有打碎。他们还没有发见通过他们误解的荆垣，达到他们相互的心的大道。

十一

那天，乌拉奇美尔到事务所去工作，华西利莎才欣幸她的自由的身体。那天早上她先到党委员会去，然后去麻布工场。利莎忙着准备工会开会，请华西利莎帮忙。

在到党委员会的途中，华西利莎笑逐颜开，她好像从笼中放出来的小鸟似的，看见什么都很喜悦。她好像会见久别的同志们一样，他们也很欢喜。他们也觉得她不在大家都很寂寞。大家都很亲近华西利莎。因为她能够做别人一倍的工作，不说什么无谓的话，同情人家的忧患。她到了党部就给她分配了工作——给她选定了开会时的议题和演说的演题。

华西利莎望望壁上的时钟，哎哟！糟了，又八点钟了！乌拉奇美尔一定又要等候她了。家里不是要照医生的命令给他食物吗？华西利莎完全忘记了那事。

她和利莎一块儿走着，说着一位中央行政部的同志从莫斯科带来的消息。这时，党内发生了种种特殊的事。利莎彻头彻尾不赞成这些新政策。她赞成工场职工们的主张。他们选派代表到党大会去——对于议长自然不免有一股闷气。

华西利莎很钦羡她。关于土地的问题，她自己完全不晓得，又没有参加什么实际运动。她好像完全不是一位党员，只是一位同情者一样。

"那是因为你是经理的太太！假使你是独立地生活的，你应该已经开始工作了。"

华西利莎叹息起来。不用利莎对她说，她自己也应该晓得了。可是她竟没有想到这样的事。乌拉奇美尔完全治好了以后她便决意回故乡去。

"啊，不要回去吧！因为你太爱乌拉奇美尔·伊华诺委奇了，所以最近你已是一位良妻了。"利莎讥讽似的反对她。

华西利莎默不作声，她能够说什么话呢？利莎所说的都是对的。她也不说不服。她受了太多的试炼了，只是为了使乌拉奇美尔不痛苦而生活。

华西利莎回到家里，什么地方也找不到他。

"乌拉奇美尔·伊华诺委奇到哪里去了呢？还没有回来吗？"

"早已回来了。三点钟就在这里等你吃晚饭。可是等得不耐烦了，所以和伊凡·伊华诺委奇一块儿先吃晚饭。随后就一块儿出去了，"马利亚·沙美约诺维娜对她这样说，"而且，那桌子上还给你留了字条。"

华西利莎拿起那个纸条看来。

> 亲爱的华西亚哟！
>
> 我们说过，今后我们均以赤诚相见，而且你也曾说过理解我，所以我今天又不得不到那里去了。那理由，你以后自然会明白的。请你不要因为我们的信约而烦恼吧！
>
> 你的乌奥洛查亚

华西利莎读完了那封信，她的两手放落在膝上。又来了吗？不又是过去的事吗？为什么又要提起过去的事呢？乌奥洛查亚不是对她说过了吗？她不是早已晓得伊凡·伊华诺委奇来往于乌拉奇美尔与那个女人之间，联系他俩的吗？乌奥洛查亚已经照她的希望正直地说了。赤裸裸地，真是赤裸裸地！为什么要使她自己这样伤心呢？难道乌奥洛查亚又欺瞒她吗？为什么她又要激起悲愤之情呢？

马利亚·莎美约诺维娜收拾好了饭桌，气愤愤地望着华西利莎。

"吃饭吗？"她问，"还要煮过吗？谁也没有吃过的也要煮过吗？那么，因为你们吵闹流泪，把菜弄冷了也要煮过了。老实对你说吧，华西利莎·德孟查维娜太太，我这样说了你也许会生气，但我不能不说：像你这样的人，乌拉奇美尔·伊华诺委奇先生实在不能相投的。像现在老爷到情妇那里去了，你看见他留下的字条，你就悲观在那里哭泣！但是，有什么呢？你也并不是没有错处。老爷是刚复活的人，为了你而服毒的。刚刚走出去一会儿，回来就找不到你的踪影！如果你是去上工的那还有可说，因为工作是各人的任务。可是你却是和那些无谓的姑娘们玩，东跑西走！你如果想叫他怎么样，那么，你自己就应该先好好地住在家里。真的，我在你们这里做事，我看得脸上都要冒火了！"

马利亚·莎美约诺维娜慌慌忙忙地关了门走进厨房去，几分钟后再拿出一盘热火腿蛋和一杯古古茶来："请吃饭吧，华西利莎·德孟查维娜太太，不要想了。想来想去，结果还是追不回来。"

马利亚·莎美约诺维娜坐在华西利莎的桌边。她又反复地在那里说，她从前在高罗波委夫人——一位将军的太太家里做事的时候，也曾发生过这样的事，那时是因为一位法国女家庭教师。可是后来，将军和太太都和好如初，一直到死都还同住，他俩比以前更幸福。

华西利莎只听了一半，可是也并不叫她不要说。她在乌拉奇美尔病着的时候才了解马利亚·莎美约诺维娜这个人。华西利莎觉得马利亚·莎美约诺维娜是很同情于她，和其他不认识的人不同的。她很讨厌那些技师、医生和什么经理先生们，她以为他们都是所谓资产阶级。不过马利亚·莎美约诺维娜时常对华西利莎说，波卡奇罗委富翁怎样生活，那位将军夫人正餐喜吃什么东西。这些，自然使华西利莎很不耐烦。可是她并不想伤挫马利亚·莎美约诺维娜的感情。她那样的人，初看好像是没有什么情感的，心里却很亲切的旧式的女人。

她说的话，特别是今天说的，华西利莎觉得很不愉快。但在她自己看起来，那却是在她的心里从头至尾想过考虑过事物的轻重。

"谢谢，马利亚·莎美约诺维娜。我今晚还有点儿事要办。"

"只吃这一点儿吗？如果早知是这样，我可以不必再煮什么菜了。华西利莎·德孟查维娜太太，食少事烦，那是要命的。我特别弄来的菜都没有用了，如果为了那乌拉奇美尔·伊华诺委奇先生的情妇真是一文钱我也不愿浪费！那娼妇实在连你的一个小指头也不如！"

利莎也曾这样说过。

"不过，怎样呢？马利亚·莎美约诺维娜。那个女人不是很漂亮的吗？"

"什么漂亮！完全是女伶似的涂着白粉，假使把那娼妇的衣裳剥去了，看她还漂亮不漂亮吧，她不过打扮得妖精似的擅长掏男子的腰包罢了！"

"你认识她吗？你见过她吗？"

"那自然见过啊！你还没有来的时候，她曾在这里住过好几次。那时髦的三毛猫！时常都摆着架子说些讨厌的话。每晚睡觉的时候，都一定要喝什么开水，要这要那，麻烦不完！俨然是贵妇人似的，摆着架子说'我从小就这样习惯了'。吹什么牛皮，看她的样子也不像是贵妇人！如果真是上品的，那她一定很客气的。就是对下人也一定说'劳驾'或'多谢'的。而那三毛猫却只是命令似的说"拿什么来！做那个东西！收拾这里！'"

"她叫什么名字呢？"

"什么名字吗？妮娜·康斯丹清诺维娜。最后的名我却忘记了。在街上大家都叫她妮娜·康斯丹清诺维娜。"

"我想见见她。"华西利莎把乌奥洛查亚留下的字条揉成一团，嗫嚅着说。

"那不成问题。有乐队到公园去的那天，她一定会去的。明天我和你一块去吧，你就可以看看那娼妇。她简直像从前莫斯科街上夜游的女人。"

"有乐队去的时候去，好吧！马利亚·莎美约诺维娜我们一块去，我看看她是怎么样的人物我便安心了。"马利亚·莎美约诺维娜不知怎地不说什么话，只是摇她的头，但也并不特别阻止华西利莎。她觉得，看看这两位情敌的情形怎么样也是很有趣味的。

华西利莎走进黑暗的房里。她没有点灯。她觉得这样黑暗她更安慰一样。她睡不着。

朝阳来了。万象都很光辉，乌奥洛查亚又很精神地工作，她也很忙。她想回乡去。因为她不想光是做一位"经理太太"。自和乌拉奇美尔约定大家都以赤诚相见以后，她的心里已经轻松了许多。可是，痛苦却还没有完全除去。那并不是嫉妒，也并不是因为乌拉奇美尔破约，他对朋友们怎样往来都完全原原本本地对她说明了。可是，她仍然不觉得幸福。

她自己问自己，她究竟要什么呢？她并没有想到乌拉奇美尔能完全回到她那里，和那个女人完全脱离，这是事实。而事实也是这样。那恰是华西利莎曾留意过希望过的。

那样下去，结果如何呢？他们乐少苦多，一点儿也不能发展。乌拉奇美尔又和那个女人欢娱终宵，华西利莎独自在黑暗的家里走来走去。他并不怜悯华西利莎。他所爱的究竟是谁呢？是他的朋友、他的同志华西利莎吗？还是现在那个女人呢？他说过他是爱华西利莎的，可是事实却并不是这样。她想到这里，更增加她的痛苦。如果他不爱她了，那她便可以干干净净地走开。可是这样的情形终于得不到。如果是她的误解，那他或再会自杀。华西利莎不能抛弃了乌拉奇美尔不管。怎样才能远离他呢，她的心里抱着这个苦闷。他不在身旁的时候她还比较容易忍受。

她虽然爱他，可是他并不了解。好像走入森林的歧路一样，越走入森林他们离得越远。她爱乌奥洛查亚，但在她的心底里却好像对他日益增加了痛苦。为什么他要和那样的女人发生关系呢？假使她是我们的同志，是一位女共产主义者，那她还不会那样伤心。可是，她不是完全是一位资产阶级的残屑吗？乌奥洛查亚也亲自对华西利莎说过，她不是同志，只是很堕落的女人。她不了解"布尔什维克"，也不了解"共产主义者"，她只是整天做着白日梦！她是在穷奢极侈中生活，家里有十七个用人，她自己有一匹马。她骑起马来很得意的父亲是白军的军人；母亲在革命的时候死了；她的哥哥也是军官，可是现在也行踪不明了。只剩下她自己一个人到处找寻职业。她通晓几国文字，所以采用她为行政部的秘书。乌奥洛查亚就在那里碰见她。她就和他陷入恋爱中，写信给他。

那时，华西利莎远离他方，只有乌奥洛查亚独自一个人。因此，他们开始发生关系了。但这事给事务所知道后，就把妮娜·康斯丹清诺维娜开除停职了。沙威里埃夫便请她做秘书。

"光是做秘书吗？"华西利莎忍不住这样问了出来。她很焦急地望着乌拉奇美尔，想晓得那个女人的真相。

"为什么说那样轻薄的话呢？"乌拉奇美尔愤怒地说，"不知羞耻地那样说！别的女人这样说还不要紧，可是我真想不到你会那样污辱她。怎样？不是不像你说的吗？"

他对华西利莎说，沙威里埃夫对妮娜·康斯丹清诺维娜简直是父亲，最少是保护人，连她的父也晓得的。那时，妮娜孤苦伶仃，他照顾她，与她以精神上和物质上的帮助，在行政部给她找了职业。她解职以后，他又帮助她。她没有地方住，到哪里去才好呢？到乌拉奇美尔那里去吗？那是不可能的。因此，沙威里埃夫便叫她到他的家里去。可是，妮娜·康斯丹清诺维娜不想去。那么，不是要迷在路头吗？因此，沙威里埃夫再找了一所小房子作他的事务室，叫妮娜住在那里。"这些，他完全站在她的保护者的立场上做的。他很可怜她，时常都照顾她。"

"那么是恋爱了！"华西利莎又忍不住地说出来。她怀疑乌拉奇美尔太袒护那个女人了。他本来太信任别人的，但华西利莎却怀疑她。大家都说她是一个普通的女人，可是……

"胡说，你太诬蔑人了！反复说着那样卑污的话有什么意思呢？如果你想晓得那事实，那么，问我吧！妮娜谁也不想，妮娜只爱我一个人。假使那就是真的，那爱她的岂止沙威里埃夫一个人？她认识外国贸易部的一个人叫作马克列曹的。那小子供奉她以奢侈的生活，但是妮娜并不爱他。沙威里埃夫也许爱妮娜，我不敢否定，但恐怕也不过纯粹是父亲的爱。在妮娜看起来，他是不配的——要他做一位男人实在是不配的。所以他俩没有发生什么关系。那样的事不是不应该那样想法吗？我是了解妮娜的——那是可以安心的。"

她晓得他益发兴奋了。说他是想说服华西利莎，不如说他是想说服他自己。最使她痛苦的是一切都和沙威里埃夫有关系的事实。她开始就不满意他。监察委员会的人们忠告她叫乌拉奇美尔·伊华诺委奇脱离他，并不是没有理由的。

"我不相信，沙威里埃夫和那个问题没有关系。不是大家都那样说，说你和沙威里埃夫一人占据了她的一半吗？"

"谁对你那样说的，我当面唾那坏蛋！华西利莎，你不要误解我。老实说吧，我和妮娜发生关系的时候，她还是一位处女。她是纯洁的……"

"纯洁的？"

华西利莎好像一支大针刺进她的心脏一样，胸前非常疼痛。那是许久以前的事了。一九一七年的一天晚上，在华西利莎家里喝茶的时候，他曾这样说过"我为了一位纯洁的处女就有勇气了"。而后来，他爱抚她的最初的晚上，他不是那样说过吗？"在世界上再找不到比你更纯洁的人了。"

"纯洁的？那里，你说什么话呢，乌拉奇美尔？肉体和纯洁有什么关系呢？简直是向右转的资产阶级的思想！就是资产阶级也不会这样说！"

"唉，请你听吧，华西亚。我并不是那样想的。她也不是完全没有理由。我没有和她结婚而占有了她的处女之身，在她是莫大的悲剧。所以，她觉得她已'不能再见天日'了。她的痛苦你是不了解的。她不断地痛哭。请你想想吧，华西亚。她并不比我们无产阶级，她觉得最初占有她的处女之身的男子就要和她结婚的。"

"为什么你不早对我说呢？有谁会阻碍你和她结婚吗？我？"

"啊，华西亚，华西亚。你从前是很聪明的——但对于恋爱的问题，你却毕竟是一位女人，和别的女人们一样。你想，我怎样能够和她结婚呢？我和她又不是同志——一切都不相投。所以我和她不是恋爱，只是同情。这点你大概可以晓得吧？"

不过只是同情吗？真的这样吗？她不能相信那样只是同情。

"你和她已然不是互相恋爱互相理解，那么为什么你不能离开她呢？你们两人不会痛苦吗？"

"我怎样能够抛弃她呢？并不是那样单纯的问题，我离开她以后，她到哪里去呢？到街头去吗？跟沙威里埃夫去吗？还是做卖淫妇去呢？"

"那有什么困难！找个职业就好了！"

"职业！那是多不懂事的话！此时大家还昏在梦中，哪里有适合她的工作。无论如何，妮娜也不能到工场去做工的。"

为什么不能到工场去呢，那位活动的女人？华西利莎想。可是，她因为乌拉奇美尔还没有恢复健康，医生还禁止他的一切兴奋，所以她顾着乌拉奇美尔想说又没说出来。但是他已经看出那个意思了。

随后，华西利莎彷徨于黑暗的房里，心里还是想着那件事。为什么她不吐露出实情来呢？为什么她不把她自己对于这个女人所想的一切事对乌拉奇美尔说出来呢？她想妮娜·康斯丹清维诺娜并不是真爱他的，她不过把他来玩玩一举两得罢了。华西利莎憎恶那个女人，不仅因为大家说她的性格很坏，而且因为她的心情实在不大纯洁。就是卖淫妇，但比那些所谓上品的贵妇人更好的实在很多。华西利莎想起了那缩毛的新嘉的事。她被白军枪毙的时候，还高呼"苏维埃政府万岁！革命成功万岁！"她不过是一位卖淫妇，所谓最下层的女人罢了，但是革命勃发的时候，她便挺身革命，做最困难最危险的事务。她致全力于革命警察局中。假使乌拉奇美尔爱这样的女人，华西利莎还可以谅解。但是现在，他却爱"那样的姑娘"那资产阶级的成果！她是怎样也不能做同志的。她连心脏都不红了！只是拿乌拉奇美尔来玩。他实在太好了，他实在太信任她了。那实在再不能忍耐，怎样也不能妥协了！

她有什么东西能够维系他的呢？光是对她的同情吗？"我真是一个弱者。"什么话？他说她是纯洁的?！说些什么话？纯洁吗？现在恐怕连一点儿纯洁的影子也没有了！拿她来作从前赠给男子的东西也许可以！他实在太信任那坏蛋女人了——华西利莎很愤恨那个女人。

"华西利莎·德孟查维娜太太，你时常在房里这样行来行去做什么呢？"

马利亚·莎美约诺维娜大声地说，截断了华西利莎的联想。

"你要爱惜爱惜你的身体才好，不然，明天开会你又会很疲倦了。为什么还不睡呢？你想等老爷回来吗？你太不懂事了。老爷在娼妇那里尽情享乐去了，回来后哪里还能到你房里去呢？我把老爷的床摆在应接室里吧。"

华西利莎两手扑在马利亚·莎美约诺维娜的身上，更觉得悲哀！连他人都可怜她。而他，她的爱人，她的丈夫，她的朋友，却用同情的全部，好像给毒蛇卷着他的身心一样沉迷在那个不好的女人的怀里！

"睡了吗？华西亚？"

乌拉奇美尔走进寝室里点着了灯。华西利莎躺在床上，睁大了眼睛，心里非常苦闷，怎样也睡不着。

"还没有睡。"

"华西亚，又怒我了吗？"

他弯下床前想和华西利莎接吻。可是她拒绝了。

"又发怒了！当时约定的怎么样了呢？我对朋友们的一切都真实地对你说明白了，你不是要求那样的吗？而现在你又……我还是撒谎的好！"

华西利莎不答。

"唉，华西亚，我们不是不再吵闹了吗？为什么又发怒呢？因为我到妮娜那里去吗？请你想想吧，华西亚。我如果只是和你住在一块儿，那她怎么样呢，不是很孤寂吗？我病的时候，她简直双倍的担忧哩！"

"那于我有什么关系呢？"华西利莎想这样说，可是没有说出来，一句话也没有说，只是她的心又剧烈地鼓动起来。

"你不要以为我有什么不轨的行动吧，华西亚。并不是只有我和她两个人在那里。沙威里埃夫也在，伊凡·伊华诺委奇也在。我们是商量事情的。你想晓得我今天到那里去干什么吗？华西亚——我去给她辞别。为什么你要圆睁着眼睛看我呢？你不信我说的话吗？去问问伊凡·伊华诺委奇吧。我今天叫他来就是请他帮忙整理那些事。叫他帮忙妮娜·康斯丹清诺维娜搬到别地去，叫他付房租和办别样事。"

"那个人要到什么地方去呢？"

华西利莎不很关心似的说。

"到莫斯科去。沙威里埃夫同行，他的亲戚在那里，妮娜或许住在那家里，再找什么职业。那样，我们大家都可以轻松许多了。"

华西利莎默不出声，但在她的眼底却还藏着疑惑。这个意外的变化是怎么样的呢？发生了什么事呢？他不爱她了吗？

"关于恋爱问题的话这里不说，那完全是别的题。但是妮娜早已晓得不能再这样继续生活下去了，所以她决意到莫斯科去。她早已觉悟了。你弃我而去的那天早上她就这样打电话给我说，她已经不愿再这样生活了。无论如何，这个或那个你任拣一个吧，不然我就到莫斯科去了。……"

"啊，这样吗？所以你要服毒啊！一个女人走了，还有一个又以如不结婚就逃走为要挟。我通通明白了。你恐怕失掉了那个女人！我是多笨多蠢多呆哟！我以为你完全了为我而悲观而死的！"

华西利莎痛苦地"歇斯底里"地笑着说。

"为什么，华西亚？你完全是曲解！为什么你会有那样的恶意呢？你已经不是从前的华西亚了。"乌拉奇美尔很悲观地说，离开了床，"我想互相谅解，结果却愈弄愈糟！我对你自白了一切，希望我们不要隐瞒着相互的秘密。但是我晓得了，我越暴露真实，你便越曲解！你已经变了，变得非常残酷了。"

"不，不，请你不要说了吧。乌奥洛查亚！"华西利莎的声音好像破镜似的，心里绝望到打战说，"请你明白答复我问你的话吧。你为什么要叫那个女人到莫斯科去呢？你爱的已不是我而是她了。如果你是爱我的，今天你就应该和我在一块。可是你只是思念着那个女人，同情那个女人。"

"华西亚，华西亚，你说的话实在错误了。你如果明白妮娜在这几个月怎样的情形，你就不会那样想了。她是那样年轻——真还是一个孩子。她又没有一个亲友，谁都想欺侮她。那是为了什么呢，华西亚。她是为了不幸才恋我的。华西亚，你有党又有同志，而她却前后只有我一个人。我一个人是她唯一的保护者、唯一的支持者。"

乌拉奇美尔把手敛在背后，在房里走来走去，他对华西利莎说，妮娜已经怀孕了。他的儿——他的梦呵！那是怎样的喜悦！那又是怎样的悲哀哟！

"那孩子在哪里呢？"

华西利莎战栗着问。

"你许晓得，妮娜是不能够养育那个孩子的，在这众口铄金的社会！而且，你晓得了，你又会很痛苦！我俩顾虑着你！妮娜却只是哭，哭，哭个不休！可是，为了你，华西亚，我们把那孩子解决了。"

为了她？什么呢？他和一位不是同志的女人商量，和一位不是同志的女人说"顾虑着她"！而他对华西利莎却好像不是他的朋友、他的同志而是他的敌人一样，他不把那个困难和华西利莎商量而要跑到他的对手——那个妮娜那里去。他太接近她了，他是属于她，不是属于华西亚的了。

"你来的那天，我就晓得妮娜妊娠了。所以我不绝地非常痛苦，华西亚哟，现在你晓得了吧？"

她默默地点头。

乌拉奇美尔还继续着说话。他说妮娜因为不想给人家传出去，所以移到别条街，请沙威里埃夫在那里找房子。然后她便去堕胎。但是，手术弄得不很漂亮，所以发生了种种麻烦，乌拉奇美尔便要跑去安慰她。

"那不是发送的职工们要罢工的时候吗？"

"啊，那时候……嗯，是吧！所以那天你在食堂里流泪。那自然不是为了罢工，而是为了妮娜。"

"那不是沙威里埃夫到的那天早上，那个女人也回来了吗？"

华西利莎继续问。

"是吧！"

"那我明白了。"

两人沉默着，都在等候着对手开口。刚才是恶口乱吵，现在他们又在那里后悔，但是那已经来不及了。他们的恋爱已经破裂，刻下了深痕，那美满的温柔的幸福早已消失了！

"华西亚！"乌拉奇美尔冲破了沉默的压迫说，"使你这样痛心的究竟是什么呢？谁不对呢？请你说吧，我不顾意你忧郁。我愿意尽可能地解除你的痛苦。"

"那可以不必，乌奥洛查亚。我只要你把我当作你的同志就好了。"

乌拉奇美尔坐在她的身边，拉着她的手。

"啊！华西亚，我早已知道你是我的同志，所以我更痛苦。"他和以前一样把头伏在华西利莎的肩上。华西利莎摸着他的头，她那混乱了的心觉得有一种微妙的甘美的欢悦。就是有什么蹊跷，可是，他不是和她在一块吗？他还是从前的他，他还是爱她。

"唉，乌奥洛查亚，我去了，你和那位女人在这里不更好吗？……"她很慎重地说。

"你还要这样说吗？华西亚，请你不要苦我了吧，你不仅不救我，而且还要陷我于邪途吗？我在我的同志你面前已经披肝沥胆了，一切秘密也已经对你说过了，而你又说要走吗？"

"为了你，乌奥洛查亚，如果你是恋爱那位女人的。"

"恋爱是什么呢？华西亚，我明白地认识，恋爱是需要共鸣的。妮娜和我又没有什么共同点，她又不是同志，对我又不是像你那样的友人，我不过是因为可怜她保护她。如果我抛弃了她，我们两人分别了，她会怎么样呢？我对她还有一种责任。你不明白吗？因为我初次占有她的时候，她是一位处女的缘故。"

"为什么那样愚笨呢？乌奥洛查亚，你要负什么责任呢？那个女人也并不是小孩子，她自己应该晓得为她自己打算。现在，谁还会说出那样愚蠢的话呢？"

"那是你的无产阶级的思想。可是，妮娜并不是那样。在她看起来那实在是一个悲剧！"

"是的，所以我要去，你便和她结婚，我不是这样说过了吗？"

"又来了！华西亚！我不是说过请你不要再苦我了吗？第一，已经太迟了。一切都已经解决了。妮娜·康斯丹清诺维娜下星期四就到莫斯科去了。一切都已经结束了！关于这事的话请不要再说了。"

乌拉奇美尔很明确地静静地说，她不能不相信他。

"那么，华西亚，这两三日内请你忍耐一点儿，不要暴乱了吧。她走了，我们可以快活地生活，比以前更快活地生活了。啊，我们已经挖苦够了，不过，那越发使我们亲密地结合。"

乌拉奇美尔两手抱住华西利莎，吻她的眼睛。

"华西亚，今晚我和你一块儿睡，好吧？我实在很困倦了，头昏得厉害！"

他躺在那里把头枕在华西利莎的肩上，马上就睡了。

可是，华西利莎却睡不着。如果他是爱她的，他应该爱抚她。如果他是爱她的，她应该了解这种寂寞。她望着他。在这看惯了的头中好像秘密着什么不可思议的不能了解的思想。那长长的睫毛已变成遮蔽那向着她的温柔的瞳睛的睫毛了。那香柔的嘴唇，时常追求着的嘴唇，已经变成燃起掩覆那个女人的情热的嘴唇了。

她从她的肩上推开了乌奥洛查亚的头。在她看起来，这人毕竟是一点儿关系也没有的！

"为什么推开你最亲爱的乌奥利亚呢？"乌拉奇美尔睡着嗫嚅着说。

"你的最亲爱的乌奥利亚！"这究竟是谁的爱称呢？

那并不是华西利莎说的。他混同了两个女人了。他连睡梦中也思念着那个女人。

华西利莎推开了发着鼾声的她的丈夫的脸。这还是她的爱人吗？这还是她的朋友、她的同志吗？还是当时为苏维埃而战的她所爱的男子吗？

他已经是别人，完全是别人了。

她战栗起来了。独自一个人实在太寂寞了。

十二

在公园里，那酷热的盛暑混合着尘埃普罩了很大的广场。期待了很久的雨，至今还没有下。只要一下雨，那树上街头的尘埃便可以洗净，草木也可以生长了。

乐队只在几个听众之前继续演奏。小孩子们在那里跑来跑去。几个赤军兵士坐在人群之中，拥着恋人的便在那里散步。在树荫下的椅子上坐着一位穿着法衣的和尚，扶着手杖，梦入忘我之境。他的身旁有一位奶妈，喂着小孩。

华西利莎和马利亚·莎美约诺维娜便坐在那椅子上。倾斜下去，从那里可以看见所有的景物。

他们等待着妮娜·康斯丹清诺维娜。

"为什么还不见那位贵妇人太太呢？平常，音乐一响她便穿着她的衣裳来的。贵妇人太太一定是穿着今年最新流行的时装来的。大家都拿妮娜·康斯丹清诺维娜作时装的样本，因为她时常都喜欢穿最新的时装。"

华西利莎漠不关心地听着这些话。她很想见妮娜。她是怎样的女人呢？同时，她又有点惧怕妮娜。如果见了，她还可以忍得住吗？

"那位是吗？马利亚·莎美约诺维娜，那位，那位坐在乐队右面的椅子上穿着桃色的衣裳的是吗？"

"什么，那位不是她。妮娜·康斯丹清诺维娜，不是那样的。一看便知道她是和他人不同的。她才真是好装饰的人啊！"

她们坐在那里心里等待着。可是妮娜还没有来。她们正想回去明天再来，不意她们就看见她。妮娜站在公园的那边，乐队的面前。她与沙威里埃夫和别的委员会的两个人在那里谈话。许多人凝视着她，而她还是不以为意地傲然站在那里。

这样的她吗？软软的扎襞包着她的身体，薄薄的衣裳显现出她的胸前的曲线。套着长长的砂色的手套，那漂亮的帽子低低地盖着她的额头。华西利莎看不清楚她的面孔，只能看见那辉红的血一样的嘴唇。

"啊，真红的嘴唇啊！"

"那有什么，胭脂罢了！"马利亚·莎美约诺维娜那样说明，"看看她的眼睛吧，简直是涂了煤一样。如果谁用海绵把那些洗掉了，那么你看看吧！如果我也用胭脂水粉那我也很漂亮！"

妮娜·康斯丹清诺维娜拿着一把白太阳伞，那白伞的尖点在地面上。她的身子摆来摆去地笑着，委员会的人们也陪着笑。

沙威里埃夫很难过似的站在她的身边，拿手杖在砂上写字。

"那帽子戴得太低了，看不清楚她的面孔。"

华西利莎很不平地说。

"喂，在她的旁边走过吧。你可以再看清楚一点那个'三毛猫'。那样的女人也可以说是美人吗？呸！我在高罗波委夫人那里做事的时候，那位身心都漂亮的太太才真是美人啊！那样和她比起来，那个女人算什么，连她的小足指头都不如哩！"

可是，华西利莎的好奇心使她很痛苦。她要晓得为什么乌奥洛查亚会爱那样的女人。

华西利莎和马利亚·莎美约诺维娜站起来要走过妮娜面前的时候，她便对委员会的人们说"Good bye!"了。华西利莎听见她很大声地说："到莫斯科再会吧。"她在园里行了一周就到园门口去。沙威里埃夫跟在她的后面。

"不要跟着那个女人吧。那样不行的，华西利莎·德孟查维娜太太。让那娼妇那黄雀先行吧。大家都认得你，如果你跟住她，谣言又会很厉害了。"

华西利莎慢慢地走着，眼睛老是盯着她。

那是身材很高很苗条的女人，走起路来肩膊微动。妮娜的头离开了音乐堂渐次低下去了。华西利莎以为妮娜哭了。沙威里埃夫靠近她的身旁，好像请求她原宥什么似的，可是妮娜只摇头拿起那柔软的手套在那里抹眼泪。她也哭了吗？她来向音乐做最后的告别吗？那么——那么，她还爱乌奥洛查亚吗？她不是只要从他那里得到什么吗？华西利莎的心乱了。自看见了妮娜·康斯丹清诺维娜后，她的心没有平静过。现在使她苦的已不是嫉妒，而是另外一种新的感情了，好像对妮娜有一种什么同情似的。为什么她要哭呢？为什么她要来听音乐呢？是为了和她的幸福告别吗？

一种新的重荷又占据了华西利莎的心。她又痛责她自己起来。难道她到这里来是求那样的心情的吗？为了自己的情敌、阻碍自己的前途的女人的痛苦而痛苦吗？那是多么可笑的事！

妮娜到莫斯科去了。她和沙威里埃夫已出发两个星期了。照理华西利莎现在应该很快活地生活了。那障碍物已经远去，只留乌拉奇美尔和华西利莎两人同住。那么在他看起来，她一定是更可爱、更宝贵的，那方面的事不过是一时的吧。

华西利莎也笑逐颜开起来。她很少咳，照常到党委员会去。乌拉奇美尔也在那里工作，根据"新的加"的立案开始整理事务。那事务办完以后，他和华西利莎就要转到莫斯科那里任新的事务去。乌拉奇美尔完全埋头于他自己的事务中，幸福地生活着。

可是这时，他们的心里已缺少了喜悦，那是无可如何的。乌拉奇美尔确实并不冷淡，他的大部分已经变了。常常会忧郁，常常会发怒。

为什么华西利莎要那样迟才从党部回家呢？这使他们的客人迷惑，因为主妇不在家里客人们就不能吃晚饭。有时，因为软领的事也会吵起来。"一条洗净了的软领都没有了吗？"那时，华西利莎便说，这关我什么事，你应该自己注意，我又不是你的洗衣匠，你吩咐马利亚·莎美约诺维娜去吧。两人怒得面红耳赤的时候时常有——那究竟为什么呢？不过为了一条软领那样无谓的事吧。有一天，华西利莎冒雨回家。因为恐怕洒湿了帽子，所以她把帽子放在党部，用肩披蒙着头回来。乌拉奇美尔看见她那样的情形，很不高兴地说："看你像个什么哩！鞋又弄得老脏，裙又满身是泥，简直是乡下女人一样把肩披蒙在头上。难看极了！"

那时，她真忍不住了！

"我们是不能穿着时髦的服装去献媚他人的。虽然是这样，我也从来没有受过沙威里埃夫的一点儿恩惠。"

乌拉奇美尔凝视着的眼睛好像利刃似的险恶。默默地，华西利莎以为他会打过来。

幸而他抑制着他自己。

在他们两人之间，大概有什么东西是不真实的。本来华西利莎和乌拉奇美尔都很希望做很要好的朋友。可是，为了一点儿很小的事他们又互相憎恶起来。乌拉奇美尔常常梦想着新地位的事，怎样把家里装饰得堂堂皇皇，怎样把一切整理得妥妥帖帖。

可是，这些事却使华西利莎很讨厌。把家里装饰得堂堂皇皇又有什么意思呢？对于那样的事又有什么愉快呢？如果和民众的幸福有什么关系那还有可说。可是乌拉奇美尔却和她的意见不同，很狭隘地非难她。

华西利莎到马克思主义俱乐部去讨论，说只有经济问题决定历史的一切，同时影响到思想观念。她渐渐兴奋起来，她想把那时讨论的情形告诉乌拉奇美尔。可是，他听了却很讨厌！那一切都是空论！只有于他的企业有利益的才是有用的工作！两人又争吵起来。

只有他们两人在一块儿的时候，他们便怎样也找不出什么话来说。他们打电话去叫伊凡·伊华诺委奇，他来了后，他们两人还有点儿兴趣。

华西利莎等待着从故乡来的消息。但是，直至现在还没有等到。格尔西亚和斯达般·阿尔基莎委奇也没有寄一个字来。究竟为什么呢？

华西亚心里这样想，想来想去都想不明白。快回故乡工作吧。

去还是不去呢？

　　从乡里寄来了一封挂号信，那是斯达般·阿尔基莎委奇寄给她的很简要的信。他想请华西利莎去管理某地方的数处纺织工场，依照中央管理部的指示改组。如果华西利莎答应去，那么她就要住在那里，不能住在街上。他请她快点儿答复。

　　华西利莎的心安定起来了。她憧憬着她的故乡的人们。像她现在这样的生活究竟有什么兴味呢？已没有工作，又没有欢乐，只是平板地机械地生活着！和缚住了她的手和脚一样！她想起了他的哥哥柯利亚捕来的一只八哥鸟的事。他在森林里捕到那只八哥，因为恐怕它逃走，所以缚住了它的两翼。那只八哥在床上跳来跳去，张开嘴，睁着它的黑眼，向着窗外，想飞又不能飞。飞了两三次都飞不动，悲痛地哀啼着，还是困在床上不能越雷池半步，好像完全还不会飞的一样。现在华西利莎遇的事就和这个一样。她的翼也给人家缚住了，想飞也不能飞。为什么要缚住她的翼呢？为了欢乐吗？还是为了恋爱呢？不，都不是！她只是为了顾虑着对乌拉奇美尔的不安而钳住她的手足。也许是为了感谢他，远离了那个"三毛猫"和她共住的缘故吧，那柔细的丝还联系着他们，可是，那丝把华西利莎卷捆着，她觉得她绝望地捆在那个网中。

　　利莎说："我真不明白你的心，华西利莎夫人。你简直好像情愿做一位经理太太一样。难道你不能从他那里解放出来吗？"

　　她要怎样才能切断那个柔丝，冲破那个罗网呢？

　　华西利莎紧紧地握着斯达般·阿尔基莎委奇给她的信。她好像恐怕会失掉那封信，她以为那是神明一样的可以救她的护符。

"华西利莎·德孟查维娜太太，没有啤酒了。请叫乌拉奇美尔·伊华诺委奇先生去叫工场送些来吧。如果不然，那么，有不速之客到来，手头就没有了。那并不是可以用空气制造出来的。"

马利亚·莎美约诺维娜很不服地望着华西利莎说。

"为什么你老是那样忧郁呢？到底是什么原因呢？那个很好装饰的'三毛猫'，多谢天地，已经到莫斯科去了。乌拉奇美尔·伊华诺委奇先生又整天都和你在一块，什么地方都不去了。那么，你还老是在那里忧郁什么呢？男子是最讨厌那样的。做丈夫的都希望他的妻子能给他说笑话，劳苦了一天也希望家庭能给他一点儿愉快。"

华西利莎听了微笑着想，马利亚说的许是对的。是的，她的心旌又摇动起来了，她要做一位像一九一八年的天使一样的华西亚。那时有许多工作，又有许多欢笑的事。

随后，她到事务所去找乌奥洛查亚。他想不到她会来找他。她想，见了他以后，把那封信的事告诉他——而且笑着对他说，她因为舍不得离开他，所以她拒绝不去了，使他晓得她是怎样地爱他。他就会很喜悦地伸手抱着她，吻她鸢色的眼睛。他又叫华西利莎是他的天使华西亚了……

华西利莎穿上白色的上衣，佩上青色的领带，她站在大镜的面前，把帽子盖着她的头发。她想，今天要使乌奥洛查亚痛快痛快了，连赠品都带了给他——那无价的赠物，她拒绝了斯达般·阿尔基莎委奇的请托！她要和乌拉奇美尔一块儿到新任地去，且在那里找点儿什么事干。

华西利莎走到管理部的事务所，踏进经理的事务室去。室里空着没有人。说他正在开会，大概十分钟就可以回来。

华西利莎利用等待的时间在那里翻看莫斯科的种种报纸。她不禁微笑起来。她想，现在可以和乌奥洛查亚商谈一切事了——说他离开了那个女人，说他更爱着她。

有人送些邮件来，放在经理的台上后便走了。有寄给她的信吗？她一封一封地拿来看。哎呀——她的心忽然又急剧地跳起来了，一封细细的有色的信封上写着雕刻一样的可爱的笔迹的信。很明白，那并不是别人的，是那位女人，妮娜·康斯丹清诺维娜的信。

不是一切都已经终结了吗？难道一切还依然继续着吗？骗人的吗？华西利莎心里又跳动起来，永远，永远无涯际地跳动着。

她的心又波澜起伏了。她叩落了放在桌上的灰色的碟子。

华西利莎看见了那细细的有色的信封，她直感到那封信包含着她的运命。她把那信放在她自己的口袋里，现在她可以知道事实的真相了，可以戳破那些谎话了。

乌拉奇美尔和一位监理部的委员一块儿走进来。

"什么，你来了吗？华西亚，什么事呢？还是只来这里玩玩的呢？"

"没有啤酒了。请你叫工场里送点儿来好吧？"

"你也管到那样的事了吗？你真做起贤内助来了吗？你已经没有那天使华西亚的面影了。"乌奥洛查亚很幸福似的笑着说。

"笑吧，你笑吧！我要冲破那束缚住我的你的罗网！我要揭破那闷葫芦里究竟卖的是什么药！"

"什么事呢，华西亚？请坐一会儿吧，很忙吗？"

她默默地点头。她愤怒极了!

她因为想快点儿读那封信,所以急欲回家。她走到市立公园去,坐在椅子上,拆开那有色的信封来看。

我的最亲爱的乌奥利亚!我的王子,我的可爱的罪人哟!

这已经是第三日了,还没有看见你一个字迹,也没有接到你的半个字。你已经忘记了我,不爱你戏谑过的妮娜了吗?你不爱你那小小的埃及的猿猴了吗?我不相信,怎么样我也不相信!不过,我也很怕,因为你和她同住,而我却冷清清地独自一个人!你的"顾问"会改变你的心。她一定会使你确信,我俩的恋爱是违反共产主义的罪恶,要你赶快抛弃那些断绝共产主义使你喜悦的一切,只和那癫狂的信者共同生活。我实在很怕她!我晓得她是有支配你的力的。但是,天啊,我并没有夺去她的一点儿什么!我并没有什么奢望!无论如何,她也还是你的太太。你朝朝暮暮都和她在一块儿,而我不过为了我们的爱才希望有两三点钟的时间。请你可怜可怜我吧——我只有你一个人,在茫茫的人海中,我只有你一个人!

在夜中,我一想到这可怕的事就惊醒了。你不爱我了吧?你抛弃我了吧?那么,我会怎么样呢?想到这里我实在觉得很可怕!你不是也晓得尼加诺尔·普拉特诺委奇好像蜘蛛似的睨伺着我吗?他对我自然好像是父亲一样,可是我们晓得他所希望的是什么。他伺隙着你抛弃了我,没有人保护我,只是我独自一个人的时候。我实在憎恶他,我觉得把我自己托荫于他,倒不如到街头卖笑去!

啊！乌奥利亚，乌奥利亚！我最亲爱的，我最挚爱的恋慕着的爱人哟！我们没有方法解除这些苦恼吗？你不能解救你的妮娜吗？你不可怜她吗？你不保护她了吗？

乌奥利亚，我哭了！请你可怜可怜你那可爱的小猿吧！我晓得，冷酷的不实的你已经不顾我了，你已抱着我以外的女人了，你一定是爱着那个女人了！我是怎样地痛苦，怎样坐立不安地痛苦哟！

我热望着你，我热望着你的热烈的无涯的爱！你不恋慕我的红唇、我的拥抱了吗？我的绫绸一样的手抱着你，我的乳房恋着你的爱抚。

乌奥利亚！我难堪极了！我怎样也不能离开你。为什么你要送我到莫斯科去呢？真的为什么呢？

但是，这次是我们最后的别居了。这次你到新任的地方的时候，你一定要在郊外给我找一个小小的房子，无论谁也不要让他们晓得我住在那里。晚上你到我那"微妙的小家里"来的时候我会告诉你，在这世界上没有比我们两人的爱更重要的东西。那么，你什么时候来莫斯科呢？她真的和你一块儿到这里来吗？为了赔偿我现在的寂寞我们最少要同住一星期！真的，最少一星期！

尼加诺尔·普拉特诺委奇说你这次到新任的地方要找一个漂亮的房子，那有"高息克"[1] 式的食堂的房子。可惜没有食堂用的电灯。我在这里找到了一盏很漂亮的"新园德利亚"

---

[1] 似为 gothic 之音译，即哥特式（建筑）。

的吊灯，很艺术的，可惜太贵。我想你是一定爱它的。

　　我说话说得太多了，一写就这样长！恐怕你找不到收藏的地方了。这些都是废话。我真的要哭了！你晓得我是怎样地痛苦吧？啊！为什么人生老是一点儿幸福都不能给我呢？唉，请你不要讨厌吧，我不再说什么痴话了。在过去的许多时日中我也有点儿觉悟了。你做你以为对的事吧。怎样我也满足的。我只请你给我一件东西——那是你的全部的爱情，你对那可怜的、可闷的、可哀的妮娜的怜爱！

　　我的通讯处是莫斯科奥斯特先街十八号第七间。你上次寄来的信，写错十七号，险些收不到了。

　　　　　　从踵至顶都是你的——你亲爱的爱人妮娜

而在信外又写了一行："我在莫斯科找到了'科多'的'洛利根'白粉了，你想我是怎样地喜欢！"

华西利莎不仅肉眼把妮娜的信很注意地一个字一个字地读过了，而且连她的心眼都晓得了。

华西利莎读完那信后，那信便掉在她的膝上，随后，她望着那干燥的充满尘埃的草，倾耳听着那蜜蜂嗡嗡地叫着的声音。蜜蜂忙乱地飞翔于草叶之间。

它们飞了上去，很失望地再飞下来。"拉拉兹克"花正开着的春天也有蜜蜂。可是，那时的蜜蜂和现在的蜜蜂不同，那时是幸福的蜜蜂。但在现在的这些蜜蜂都好像反抗夏天似的很愤慨。

华西利莎一想到这些蜜蜂的事，她又忘记那封信的事了。她的心好麻痹了似的，不觉得痛苦，也有什么感觉，"那绫绸一样的手腕""那全部的爱情"却是使她痛苦的。华西利莎小心地缓缓地扎好了那封信，再套入信封里去。

她站了起来，经过音乐亭走到公园的大门去。今天公园里很静，一个人影也没有，音乐也没有。华西利莎晓得乌拉奇美尔爱着谁了。她晓得他爱的不是她自己，而是那个女人了！

十三

那天，乌拉奇美尔比较早一点儿回来。他很高兴地微笑着。那恰是从莫斯科来的吉报——中央行政部的命令，即是他的新任命状寄到了。他说马上要到莫斯科去。

"莫斯科？噎，好的，去吧。我也去，不过我不是到莫斯科，而是到我故乡的家里去。"

华西利莎以很平静的态度这样说。那个小小的有色的信封——妮娜的信——现在还藏在她的口袋里。

乌拉奇美尔没有觉得华西利莎的难看的脸色。他没有注意到她的鸢色的眼睛里闪耀着的怒光。他也没有注意到为什么她在那里收拾她的东西，检叠她的行李。

"你去探访你的朋友吗？好吧，我们在莫斯科相会，你还是和我到新任地去吧。"

在华西利莎的心里现在存有最后的一缕希望，即是希望乌拉奇美尔拒绝她，不让她独自一个人去。可是，这终于是无望的希望。

"我不和你一块儿到新任地去。我因为要回去做别样工作。我想就住在我工作的地方，或许就在那里住下去。我已在这牢狱中住够了，我做'经理太太'已经做厌了。你还是和那位能够使你快活的人住在一块儿好。"

华西利莎的心流好像崩了堤似的，激流急湍一样地说。她已经不能抑制她自己了，她不断地说。她已经不让他再欺骗了！她很高兴他们两人的恋爱便从此结束。住在这些"新的加"的人们和这样的资产阶级中，一点事情也没有，在她实在是一种莫大的痛苦。她只是为了乌拉奇美尔而忍受这些痛苦。乌拉奇美尔只拿她来做唯一的家政妇，拿她来做说"我的内子是共产党员"的一种生活上的外奢。可是使他爱与喜悦的"那不可思议的小小的家庭"却是另外一个女人的。那是多么滑稽的事呢？乌拉奇美尔和妮娜只是忘记了一件事。那是华西利莎究竟同意再继续这可憎的生活与否的重大的问题。

华西利莎的眼睛闪灿着可怕的绿光，充满着无限的怨愤。她已喘不过气来，不能不暂时住口了。

乌拉奇美尔很惊惶地振动他的头："华西亚，那是真的吗？我真想不到你会这样。假如我有什么隐瞒你的地方，那也是完全为了你。"

"谢谢！我现在已经不必你怜爱了。我并不是弱者。你以为你的爱能完全满足我的生活吗？我已经不需要你的爱了，那不过是腐蚀我的毒刺。我现在已想超拔我这个身体，马上脱离你的羁绊了。我觉得你所做的事一点儿意思也没有。请你爱你自己爱的人去吧，那是你的自由，请你去和你自己爱的人接吻去吧。虚伪！欺骗！你自己忘记了你是什么，你自己随便背叛了共产主义——那还有什么话可说！"

"华西亚！华西亚！我们的友情怎么样了呢？我们从前说过什么都要谅解的那些话怎么样了呢？"

"我们的友情？什么地方有那样的东西？什么地方有那个友情？我已经不信任你了，乌拉奇美尔。你自己杀灭了我对你的信念。你以为，如果你跑到我这里来说'华西亚，我很怕咧，我恐怕有什么可怕的事发生了。我爱着那个女人'，我不会拉你回来，救你出来吗？你以为我不会关心你的幸福吗？唉，乌拉奇美尔，你已经忘记我是你的妻子、你的朋友、你的同志了。那是我觉得很可惜的——那是我无论如何也不能容赦你的！"

眼泪流落在她的瘦削的面颊上。她背着乌拉奇美尔用衫袖抹眼泪。

"我信任你是我的同志，可是，你毫无顾惜地打破了我对你的这种信念。我们已经没有互信了，那么，我们哪里还能够同居下去呢？现在，我已经认识我们两人的生活真面目了。我晓得，我们的幸福早已成过去了！"

华西利莎的心又沉重起来，振动着她的消瘦的两肩坐在床上，用手弄着绸被。乌拉奇美尔坐在她旁边。

"你说我们已经是互相不认识的别人了，那么你已经不爱我了。华西亚！如果你已经不爱我了，为什么你又要那样难过呢？而我？我不是说过永远爱着你吗？请你谅解吧！是的，我爱妮娜。不过那是不同意味的。我对你的爱越发强烈，越发深刻。如果没有你，我就找不到我的道路了，华西亚，我无论做了什么事，我时常都想，华西亚会说什么话呢？会怎样忠告我呢？你是我的引路的明灯。我怎样也不能失掉你的。"

"你时常都只是说着你自身的事。你已经忘记了我。我不能那样地生活下去。你陷入那样的事中我是怎样地痛苦！我最悲痛的是我们两人已经不是同志了。"

华西利莎说着这些悲抑的话。

"你以为我不晓得那样的事吗？怎么样？我一点儿也不了解？别离的时候互相恋慕着，同居的时候却又互相挖苦。从前你也曾这样说过。可是，从前我们两人曾一块同居过吗？我们不是还不能说有过家庭生活吗？我们大家都忙着我们自己的工作，大家都很少见面。你曾经历过那样的生活吗？华西亚，那真是很短的期间。你见过吗？各自分开来住，要会面的时候就会面。好吗？你想试试吗？那时华西亚又是我世上唯一的可爱的天使了。一点儿虚伪也不会有。我们因为一时的兴奋就破坏了我们的友情，我觉得那实在是最可悲痛的。请你想想我的心吧！"

乌拉奇美尔说完这话，便把他的头伏在她的膝上。而她那火烧着一样的两手遮蔽着她的脸。

房里又静了起来。

他们忘记了的恋爱的微波，那热烈的情焰又掩蔽了他们两位恋人。埋在猜疑和反感的残灰之下的情热的余烬，现在再放出一道明耀的光辉。

"我的可爱的华西亚！"

乌拉奇美尔的手抱着华西利莎，拉到他的膝上。他吻她的红唇，他用热情的爱抚包围着她的身体。

华西利莎一动也不动，几乎忘记了一切，伏在这甘美的陶醉中。

这样很好！现在，乌拉奇美尔还是和以前一样地爱她，还是一样爱她的一切。他只是关怀她的事。妮娜的事已经忘记了。他对妮娜不诚实——不仅是他的肉体，而是他的心和他的灵魂。

华西利莎常常持续她的这样的性格，享受那残忍的喜悦。这使她悲痛，同时使她欢喜。乌拉奇美尔是怎样不结实的男子哟！

日子是不可思议的郁热。

情热的焰在愤怒和离反的残灰之下继续燃烧，秋风好像吹长那闪耀着的炭火。

乌拉奇美尔已经极温柔，华西利莎也改过了她的素性。他们再陷入恋爱的情怀中。他们好像没有了对手就不能生活。夜间，他俩都恐怕失掉了对手似的紧紧地拥抱着睡。乌拉奇美尔吻着华西利莎的鸢色的眼睛。她却把乌拉奇美尔的头贴着她的心脏。两人都没有独占那痛苦的快乐的爱意和喜悦。他们难道找出新的爱苗了吗？还是他们告别的最后的执着呢？抑是对那已经失掉了的不可复得的他们的幸福告别呢？

华西利莎微笑着闲谈的时候，几乎哭了出来。乌拉奇美尔拥抱着她，望着她的鸢色的眼睛，她在他的眼睛里发现了无限的悲哀。在他的眼睛里看不见喜悦的光辉。在他的眼睛里反映不出华西利莎的爱。这样的眼睛好像无言地向她告别一样。

为了藏着乌奥洛查亚的眼睛和眼泪，为了隐蔽那说不出的悲哀，华西利莎用她那细细的手腕攀着他的颈项。她求他接吻。他拉她到他的胸前。她让他热烈地爱抚。

那是很少有的日子。蒸郁的酷热支配了人间。可是他们并没有把握住什么幸福，他们并没有把握住从爱中生出来的无忧的喜悦。

他们互相谈着。华西利莎回她的故乡去做工作，乌拉奇美尔却到新任的地方。他俩用信通知，约定相会的时间。在什么地方呢？关于地点他们一句也没有说。关于目前的离别他们也一句都没有说。他们觉得一切都很单纯很明了的一样。

他们两人之间好像真的没有什么障碍了。可是，还有一件华西利莎嘴里没有说出的事。那是她藏起了妮娜的那封信，随时她都还保存着那封信的事。她叫他打电报到莫斯科，说只他一个人去。为什么她要这样呢？这不是使她很痛苦的吗？可是她却以为那是必要的。起初，乌拉奇美尔拒绝这个意思，很怀疑地望着华西利莎，很怕什么事一样。他终于打了电报去了——而且对华西利莎益发温柔，益发热情。

那是一定会那样的事。他们饮了剩下在生的酒杯中的幸福的醇酿之最后一滴。那情热的葡萄酒包含着别离的伤痛和甘美的心情。

华西利莎很快乐，很活泼，很有生气。乌奥洛查亚已经很久没有看见她这样的情形了。

"我真讨厌我的皮肤，所以我要隐蔽着我的皮肤。我究竟是什么经理太太呢？你也应该找过一位太太了。要我过 NAP 女那样的生活，我是办不到的。"

她笑着责难似的对乌奥洛查亚说。

"我不晓得你是怎么样的太太。我只晓得你是我的天使的华西亚。我宁愿放弃五个委员会，不愿失掉你，没有你我怎样能够再生活下去呢？暂时的分别是好的。可是，要永久——却办不到。"

华西利莎笑着。那是有道理的。他们是自由的同志。有时自由相会。相会的时候，他已不是丈夫，她也不是太太。那样，或许要好得多。

乌拉奇美尔也同意。他说，他没有了华西利莎的伶俐的小小的缩毛的头他就不能生活。

"在世上，所谓朋友实在很少。唉，华西亚。特别在现在的世界中几乎完全没有，人们都只为他们自身的事打算。我们是经过了无数试炼的真正的朋友，不是吗？"

他们两人间的障壁已经没有了似的交谈着。那障壁已经打破了。华西利莎心中的嫉妒之蛇也已静静地躺着。她觉得她的嫉妒之心已经消失了。可是，忽然她又觉得那嫉妒之蛇又再蠢动起来。那是因为乌拉奇美尔不能忘记过去的事，他时常说着妮娜的事，他说，她是很有教养的人，她和法国人能说法国话，和德国人能说德国话，她是在学校里学的。

"如果她是受过充分的教育的，那么，为什么她不去找职业呢？她想依靠别人的劳动而生活吗？我想起她的横霸真想流她的血。她做你的爱人或许很好吧？"

华西利莎知道说错了话，可是已经来不及了。那蛇又在咬她。她觉得要打击乌奥洛查亚的欲望，要使他也一样痛苦才痛快。

阴暗的乌云又遮蔽了乌奥洛查亚的脸，他望着华西利莎责难她说："为什么你要说那样的话呢？那不难听吗？我的天使的华西亚是不说那些话的。那是别的华西利莎·德孟查维娜吧。"

华西利莎心里很后悔。可是，她太不能自制了。她常常使乌奥洛查亚生气。

终于使他发怒了，可是，她马上又很温和地说："唉，请不要发怒吧。请你忍耐一会儿好了。我是爱你的。如果我不爱你，我就不对你说，不会使你痛苦了……"

销魂地接吻。为了沉溺于考虑与烦恼，为了忘记、隐蔽必然的真理，他们两人的身体在梦中搜求着。

华西利莎和党委员会告别，检叠一切家具。她准备了杂布、麻绳和禾稿打包。特别为了使那些东西搬到新任地去不会在途中弄破，她很留意地告诉马利亚·莎美约诺维娜那些打包的方法。

"为什么你要那样关心那些事呢？如果你要回故乡去，你还要那样关心干什么呢？唉，你自己想想吧。你一走，那个女人就来了。难道你是为她搬家吗?！"

马利亚·莎美约诺维娜很无聊地说。

为什么不能呢？不好吗？她不能为他的太太帮手吗？如果我是他的太太我一定不干那样的事，一定会责难乌拉奇美尔，为什么他要过那样资产阶级的生活的。可是现在，那样的事和她一点关系也没有了。他有他自己的生活，她也有她自己的生活。各自开辟各人的前途。可是，他们是僚友，又是同志。那么，她还没有帮助他的理由吗？如果是他的太太，他就没有要求她期待她做那些事的理由，而现在她是为了她是他的朋友、他的同志而帮助他的。她对乌拉奇美尔并不抱着什么愤怒。如果他因为行李太多，如他的箱笼、绢篓在铁路上运输不便，那是他自己的事。在生别的途中，他和她都不能干涉他人的人生，她现在帮助他打包又有什么不妥呢？

连乌奥洛查亚也不能相信他自己，不晓得从什么时候起华西利莎变成那样检点的内助了。他对伊凡·伊华诺委奇和监理部的那些人都很称赞她。因此，他不知问了华西利莎多少次，如果她不和他同居的时候，谁能替他整理新的家庭呢？

"谁吗？妮娜·康斯丹清诺维娜干什么的呢？难道她恐怕弄脏了她那漂亮的柔荑玉手吗？她真是俨然一位贵妇人哩——什么都要别人替她做，不是银器皿就不要！什么都要靠别人，什么都要劳别人！"

她很后悔，她又伤害了乌奥洛查亚的感情了。为什么呢？他好像寻根究底地问她，为什么呢，华西亚？

"乌奥洛查亚，我的恋人！——我真笨哩，真笨！不过，我也是因为爱你才这样说。请你不要生气吧，那不过是闲话。"

她的脸伏在乌奥洛查亚的胸前，眼泪就要掉下来了。真的，她是怎样地爱他！她真是爱他，为他苦闷，恐怕失掉了他！她情愿死了，不愿意失掉他！

"我的可爱的华西亚，我晓得你是这样的，所以我更爱你，我不能从你那里引离我的心。在这世界中我只有你一个人。我再不能找到像你这样的第二个人。"

他们的心又给痛苦压抑着了，那梦游的陶醉迟钝了他们的感觉。他们再把那些懊恼沉溺在爱的情怀中。

"请你为了这个叛逆的'无政府主义者'留点儿你心的片断吧。"

"在你快乐的时候请你想想你的天使华西亚吧。"

这实在是不可思议的时间，情热而重苦的……

解放

十四

托托，托托。

华西利莎站在她从前住过，现在格尔西亚住着的屋根里的房子门口敲门。阶沿下的人们都说格尔西亚已经放工回来了，可是那房子仍然锁着。格尔西亚究竟到什么地方去了呢?

托托，托托。

睡着了吗?

她回过头看见格尔西亚提着盛开水的茶壶从廊下走来。

"格尔西亚姑娘!"

"啊，华西利莎太太。什么时候来的？我一点儿也不晓得。"

格尔西亚把那开水壶放在床上，抱住华西利莎说："请进来吧。这是你的房子。我住在这里也是托你的福，让我来开门。现在这里弄得有盗贼——搅得乱七八糟了。所以，我去提水也要把门锁上。前几天，在敷利亚西金的家里丢了一件上衣，那是很新很合适的。那时她在家里找来找去都找不到，弄得一家骚然，连巡捕也请来验过了，可是怎样也找不到。你到底又回家了！华西利莎太太，请宽去外套，拂去那些旅尘吧。我正想弄茶喝，你吃什么呢？蛋、面包和苹果都有。"

家？格尔西亚说她回到了她的家里。像她那样的人也能够有"家"吗？

她在这房里周围望了一望。这虽然还是她从前看惯了的屋根里的房子，可是已经不是华西利莎从前屋根里的房子的面影了。在那里有一架缝衣机，角落里有一个裁缝店用的人体模型，有许多布絮，那切断了的残线掉落在床上。壁上也没有什么装饰，马克思和列宁的像也没有了，建立公共住宅时同居的人们合照的相片也没有了。另外挂上了一把褪了色的红纸扇，在扇旁挂了一幅蛋形的"耶稣救主"的像和一张写着金字的东西。在那角落里设立了一座礼拜坛。格尔西亚不是党员。虽然她拥护苏维埃政府，她有许多共产党员的朋友，可是她还信仰上帝，守着斋戒的习惯。她和一位男子订了婚，可是她那未婚夫加入了白军，恐怕已经给人家杀死了。如果是被人家杀死的，那杀他的一定是赤卫军，这也许是格尔西亚不加入共产党的理由，为了纪念她的爱人。

"假使我加入你那边，他如果还在世上，那他一定会责怪我的。"她这样说过。

从前，华西利莎不了解格尔西亚的心情。为什么她能够爱那个白党呢？可是现在，她已经晓得那并不是按照规则的事情了。

乌拉奇美尔和她虽然是已经到了分歧点了，可是她对他的爱依然存在，心里并没有一刻静过。

格尔西亚很喜欢华西利莎回来。什么地方给她住才好呢，她想不通了。格尔西亚和华西利莎谈了许多话，几乎连"为什么华西利莎和她的丈夫同住的时候不积蓄些钱"的话都说出来了。她说，华西利莎虽然没有比以前瘦，也还是一样的瘦。华西利莎听见这些话，一句话也不说。本来想她会见格尔西亚的时候，她便飞跑到她的怀里，哭着对她说出她自己心里的一切苦恼。可是现在见面的时候，她怎样也不能开口，连话也说不出来。为什么要把那些悲哀的事告诉别人呢？……

她们正在谈话的时候，华西利莎回来的消息已经传遍公共住宅了。从前认识她的人们都很高兴，那些新来这里住的人们也都想来看看她到底是怎么样的人。住宅委员会的一位委员又说她这次或许再来管理这个公共住宅。最先跑到格尔西亚房里来的是华西利莎见过面的儿童俱乐部的儿童们。

他们中的比较年长的对华西利莎诉起他们的不平。他们说，儿童俱乐部在实行新经济政策的时候解散了。他们说俱乐部的经济入不敷出，所以把俱乐部挪作别用了。那么孩子们究竟到哪里去用功呢？他们努力搜集来的东西，现在已经弄得乱七八糟，不可收拾，他们的书库也给弄得不成样子。其中有些已经给他们卖掉了。

华西利莎听见孩子们的这些话，她冒起火来，那样不行的！哪里有那样的道理呢？她想赶快到党委员会教育部和住宅部去。Naps要处理他们 Naps 自己的东西那不要紧，可是劳动者们竭力建筑起来的东西不能让他们乱糟蹋！

"我要那班小子们大大地斗一会才好。那样的事是不能有的。你们放心吧。我一定要把你们应该得的东西交还给你们。为了那事，就是到莫斯科到什么地方我也给他们去！"

年长的少年们都很喜欢。他们信赖华西利莎。她一定是可以替他们解决那些问题的。她现在再为他们而斗争，她实在是一员"英勇的战士"，公共住宅的人们都晓得。所以她当然会为那些孩子们而斗争。孩子们也通通服从华西利莎。

孩子们走了以后，从前认识的同居的人们都走来招呼。大家寒暄以后，都赶快说出他们要求的事情，都对她说他们所担心的事。华西利莎平心静气地倾耳听着大家的话。她还是和以前一样对于一切都很有兴趣，忠告他们，安慰他们。

那屋根里的房子，挤满了人，挤得连身体都不能够转动了。

"请大家等一会儿吧，"格尔西亚说，"难道各位连吃饭的时间都不给她吗？华西利莎太太经过长途旅行已经很疲倦了，你们还要马上就把那些麻烦的事去烦扰她吗？"

"不要紧的，格尔西亚姑娘，请你不要担心吧。我一点儿也不疲倦。喂，特摩费·特摩费委奇君，你才说什么？噢，是的，是的，你要缴税金的事，那太岂有此理了！你又没有财产，又不是雇主，又不是经理……"

一说到"经理"她马上又想起了乌奥洛查亚。可是她的痛苦已被别人的痛苦压抑住了，她哪里还有想到个人的痛苦！

认识她的人一个一个回去了。她忘记了疲劳，决意赶快到党部去。

她一面扭开上衣的衫扣，一面听格尔西亚说着故乡的消息。格尔西亚继续说，哪位男子结婚了，哪位男子脱党了，哪位姑娘又做大会的代表了。忽然她听见费托莎埃夫的太太在廊下走来大声叫着的声音。

"我们的守护之神华西利莎太太在哪里呢？呵！我最亲爱的最亲爱的华西利莎·德孟查维娜太太！"她这样说着两手吊在华西利莎的颈上，很亲热地吻她。同时痛苦的眼泪滔滔流在她的两颊上，连华西利莎的脸上都濡湿了。

"啊！我是怎样地焦待着你哟！我真的要寂寞寂寞死了！我和等待太阳的光线似的等待着你！我想，假使我们的守护之神华西利莎·德孟查维娜太太回来了，那一切就有办法了！假使你住在这里，那不要脸的娼妇也许不会把做太太的我拿来做笑柄了。那个人也许不会和那不要脸的娼妇破坏我们的家声了。你一定很同情我看顾那小小的孩子们。请把那个人拉到裁判所去吧。那个人也要经过党的判决使他屈服才好。亲爱的，我只求你这一件事。"

本来，华西利莎听人家说了三两句话就可以晓得他人的痛苦。可是，现在这位费托莎埃夫的太太为什么痛苦，华西利莎实在摸不着头脑。究竟她是为了谁的事而不平呢？从前她是年轻的顽健的突胸的女人——可是现在，她已经很瘦削，很苍老了。

究竟是什么悲哀扰乱她的心呢？

那是因为费托莎埃夫爱上了一位"没有受洗礼"的犹太女人陶拉。而他又厌恶了他的太太，拿她做笑柄。谁也不能管他。他抛弃了自己的孩子，把一切东西都拿给他的恋人。把家族的人们随便放到什么地方都好，只要他不抛弃她，陶拉对她那瘢面的恋人说。

"陶拉那娼妇那烂货究竟贪他什么东西呢?"费托莎埃夫的太太这样说，"如果他是像一位男子……可是他是一位使人不想再看第二回的男子! 污浊龌龊的男子! 我想，我是因为生下了孩子才忍住了八年和他的瘢面接吻的。费托莎埃委奇完全是什么也不干的荡子，可是运命把我们缚在一块儿，教会要我们结婚，那是没有办法的，我只得忍耐下去。就在很难堪的时候，他也是很讨厌地要求我，而我也还是忍耐下去，别的男子我连看都没有看。说起礼来，我对得起他。我把我的青春完全葬送在那讨厌的污浊的东西身上。结果竟是这个样子! 我牺牲了自己的器量为他辩护，而他竟去追逐那不要脸的小姑娘! 和犹太的女人结婚那不是这个地方的耻辱吗?!"

费托莎埃夫太太不断地哭泣。华西利莎倾耳听着她说，而她的心里也充满着阴暗的黑影。她听见费托莎埃夫太太的这些话，再燃起她自身的悲哀和愤怒，好像触起了自己的伤心史一样。她的最后的勇气到什么地方去了呢? 她再没有勇气到党部去了，只是埋头在枕边，什么也不愿干。

费托莎埃夫太太还是继续哭泣，吻着华西利莎的肩。她请华西利莎用控告或别的方法威胁她的丈夫好好地回来，保护幼儿们的身体。

华西利莎从党部回来以后，许多同志集合在她的身边，大家你一句我一句地说着。华西利莎非常快乐。全身心都献给党的工作，党外的什么事也不能使她烦恼，她忘记了别的一切。

华西利莎又渐次热烈起来，和人议论竭力主张她自己的意见，对于现状提出各种质问。这些事她觉得很有兴趣，很满足。她的头脑很冷静，她的心脏很热烈。她一直跑上阶沿走到那屋根里的房里去，那时，她才觉得疲劳。

格尔西亚正在弄晚饭，华西利莎一躺上床便睡着了。

格尔西亚看见她的朋友的睡态，她不晓得叫她起来吃饭还是不叫她起来吃饭得好。她觉得叫起华西利莎来实在太可怜了，她是这样地疲乏！唉，还是让她睡吧！

格尔西亚把华西利莎当作一个小孩一样替她脱衫，替她脱鞋，把被盖到她的身上，把灯掩住，才做纽扣。

托托，托托！

这个时候究竟还有谁来叫门呢？格尔西亚很生气，难道连让她一个人静静地休息一会都不可以吗？格尔西亚开了门，费托莎埃夫便站在那里。

"什么事？"

"见见华西利莎·德孟查维娜太太，在家吗？"

"哎哟，你不是发狂吗？她经过了长途旅行，连睡觉都没有空，你们好像饿狗看见骨头似的争着来麻烦她！"

格尔西亚和费托莎埃夫争论着，费托莎埃夫仍然顽强地站着不动，格尔西亚也不让他踏进一步。明天来好吧？这样，他们才约定明天再会面。

格尔西亚送那讨厌的费托莎埃夫走了以后马上把门关上。那是多讨厌的东西！已经有了太太而且有了三位孩子了，还要弄大陶拉的肚子！那实在是格尔西亚不解的。

她觉得费托莎埃夫这样的男子实在是一个恶党，而陶拉那贱人也不是好东西，为什么她要和已经有了太太的男人发生关系呢？现在独身的人们不是还多着吗？格尔西亚对于这些行动的态度是很峻烈的。她严守着道德的界限，所以她永远不忘记她的爱人。

华西利莎醒来的时候，觉得一切都静悄悄地很平和。秋天的太阳射进窗里来照耀着，格尔西亚的身体浸润在金色的光耀中。格尔西亚正在煤油上烘着熨斗，熨着衣服。

"那是谁的？"

"执行委员会的委员，庆生日时穿的。"

"咦？怎样庆祝起生日来了吗？"

"那不用说。你也去观光观光吧——比以前的富翁还阔哩。在桌上有银杯有葡萄酒又有威士忌……"格尔西亚正忙着熨衫，再没有空儿说话。华西利莎在床上伸直她的身体。她记得，那张床从前是很硬很狭的，可是她和乌奥洛查亚两人会同睡在那张床上，两人睡在那床上，那是多狭哟！可是现在，两个人同睡在这张宽阔的床上都还觉得很舒展了。

当时完全不是现在这样。

难道痛苦又扰乱了她和平的心，蹿入她的怀里了吗？不，不是的。她的心里一切都很静，和暴风雨后一样地平静了。

格尔西亚想起了和费托莎埃夫的约言，她便对华西利莎说明这事。

"不要紧的。请你带他来吧。"

华西利莎不大愿意管费托莎埃夫家里的事。因为他们的情形和她的不幸差不多，她实在不愿意再勾起她的烦恼。

她问陶拉的事。陶拉究竟是怎样的女人呢？

"你不晓得吗？"格尔西亚惊惶地说，"那位穿着薄黑衣的美人——青年妇女共产党员开庆祝会的时候着'德波灵'跳舞的那位姑娘。"

华西利莎渐渐想起了她。那是一位很漂亮的姑娘，在鞣皮工会的教育委员会工作，很年轻很聪明性质并不坏的姑娘，而且她还会歌舞。和她比较起来，费托莎埃夫的太太算得什么，她简直不能和她比！

但是格尔西亚的意见却和华西利莎的不同。她非难陶拉。她以为这个问题是要到法庭去受裁判的。如果共产党怂恿这样的行为，那么，天下的男子都会抛弃他们的太太、他们的孩子去追逐年轻的姑娘们了。所以格尔西亚说党对于陶拉的行为应该取诉讼的手续。

"你想控告她吗？那只是费托莎埃夫的太太才赞成这样的，那讨厌的东西！"华西利莎为陶拉辩护着这样说，"无论什么法律也不能够强迫一个男子和他不爱的女人同居。连那个男子都讨厌她的太太，而她的太太又是著名卑劣的东西，你也想使那个男子和他的太太住在一块吗？"

华西利莎很兴奋。很明显地她在非难费托莎埃夫的太太。那是为什么呢？连她自己也不晓得。在争论着费托莎埃夫的这些家事间她又想起了乌拉奇美尔的事。她替陶拉辩护的时候，她心里又想起了那白花边的日伞和妮娜的红唇。

格尔西亚很奇怪华西利莎竟会祖护费托莎埃夫：

"你对他们简直好像是你最好的朋友们一样。从前，你不是骂过他们的吗？他们不是很讨厌地捉弄你的吗？在你自己看起来，那自然是不错的，你不必管些没有什么意义的问题，你也卷入这些无意义的吵闹之中，那是很无谓的。"

虽是这样，华西利莎仍然不听格尔西亚的话。如果有人控告陶拉，那她一定为陶拉费力。"你以为所谓费托莎埃夫的正妻只有她一个人才有权利吗？抑或不是呢？如果有人这样想，那么，那个人的感情一定是不同的。人间的法律不是固定的，在世界上或许还有别种权利，那就是所谓心的命令。"

格尔西亚一面熨着洋服的边，一面好像晓得了华西利莎心里的底蕴似的诘问她。

华西利莎颦蹙了脸。为什么格尔西亚会反对她呢？难道是她的认识不正确吗？所谓心的命令的法律究竟真正有吗？

"谁那样说过呢？在这世界上比心更重要的东西是没有的。没有心的人就不能说是人。华西利莎太太，我看你心里也是有痛苦和苦恼的。因此你要替费托莎埃夫辩护。你是想着你那个人的事吗？你一定是想为你那个人找出一种口实来。"

华西利莎没有说什么，只是摇她的头。

格尔西亚不再问什么了。她从熨斗台上拿下了洋服，把它扬了一下，扬去那些线头。唉，弄完了。

"完工了吗？"华西利莎这样问她，心里什么也没有想。

"唔。"

"我到党部去了。费托莎埃夫来的时候，请他等一会儿吧。"

华西利莎渐渐忙碌起来。她又准备到工场去。她和斯达般·阿尔基莎委奇商量她的任命的事，晚上她又要和那些负责的同事们会商。时间飞也似的过去，她的心里完全没有想别事的时间。

费托莎埃夫的事又使她重新麻烦起来。他们的事、他们的困苦使她没有半点儿休息时间。

费托莎埃夫走去访问华西利莎，对她公开了一切。他说，他和陶拉·阿普拉摩维娜是在教育委员会才认识的。那时他正加入合唱队去唱歌。陶拉·阿普拉摩维娜很中意他唱的低音，便带他到音乐师那里去，她自己也是一位音乐家。因此，她便荐他到教育委员会去。他们的关系就在那时开始。不久，这些事被费托莎埃夫的太太晓得了。麻烦的事也就开始了。

费托莎埃夫历指他太太的不对。他说，她把那些事传出去，使他的同事们都非难他。他的太太说陶拉夺去了费托莎埃夫的家庭，而且要求费托莎埃夫的补助，她很生气。那完全不是事实。陶拉不仅没有要过费托莎埃夫的一文钱，而且她还把她的许多东西分配给费托莎埃夫的家人，资助他的家族。她又顾虑着他的孩子，叫小的进幼儿园，大的进学校。她又买些教科书和习字帖给他们。这些事情她自然没有让他的太太晓得，费托莎埃夫到音乐会去的时候，她还给他做些领带和衬衣。可是那些谣传却都是和事实相反的。

费托莎埃夫说，他是替陶拉担心。那些谣言，对于他自己没有什么妨害，他恐怕因此她会和党破裂。那一切都是他太太的罪恶。她到处是他们的障阻物。

华西利莎听费托莎埃夫的这些话，她又想起乌拉奇美尔和妮娜的事，他们两人也是因为这些痛苦才找他俩逃避的出路，他俩也一定很讨厌华西利莎妨害他俩的幸福。华西利莎还是劝费托莎埃夫太太不要妨碍他们好，他人的幸福是不能妨碍的，你用多少阻拦去妨害它，它也要飞越过去，防止不了。可是华西利莎自己怎么样呢？她不是也做过人家的障碍吗？她不是还想保持她那过去的幸福不让它逃去吗？

费托莎埃夫是爱陶拉的。他一说起陶拉的事就面有喜色，和乌拉奇美尔说起妮娜的事就面有喜色一样。

"陶拉·阿普拉摩维娜的心简直和黄金一样，工会中大家都很爱她。党外的人们是不敢希望党会控告她的，假使有人控告她的时候，那般坏蛋一定会拍掌称快，他们会说她到我们这些自由人这里来了，我们可以大大地给陶拉·阿普拉摩维娜玩玩，不用怕什么了。"

费托莎埃夫到华西利莎这里来的时候，他的太太又跑到这里来，抱着华西利莎，吻她的肩，请她援助她。

华西利莎很不满意费托莎埃夫的太太，把她摔开了。她便跑回家里去很大声地骂陶拉，骂她的丈夫，骂华西利莎。

华西利莎在党部会见陶拉。她俩走到打字生忙着的那边，在那里，因为有打字的声音，不用担心别人会听见她俩的说话。

陶拉是一位秀外慧中的漂亮的姑娘。华西利莎一见她就很喜欢她。她披着一件肩披遮住她怀了孕的腹部。

陶拉开始说到她自己的事，不，不是她自己的事，而是费托莎埃夫的事。她说，她很属望他，她很尊敬他，她很称赞他的才能。

她说，他的声音好像"查利西莎"的声音一样优美，只要他加以正式的研究。陶拉会和他发生关系也正是为了这个原因。她还希望他能够摒去一切家庭的事，脱离卖鞋的生意去专心研究声乐。

她一面这样称赞费托莎埃夫，一面又叹息他太优柔寡断。他只和她在一块的时候，他说做什么事都有勇气，决意和他的太太离婚。可是他一跑回家里去却一切勇气都消失了。他常常挫折了，她再鼓起他的勇气。这几个月之间，她虽然都做他的后盾，可是至今都还没有成功。

华西利莎倾听着这些话，她的心又陷落了。也许妮娜也对着乌拉奇美尔说过这样的话！

陶拉觉得结婚和离婚完全是形式上的东西，在她看来，简直没有什么意义。她欢迎自由结合。可是费托莎埃夫的太太却说如果他俩没有正式结婚，便不轻轻放过他俩。因此，陶拉便利用她自己已经怀孕了来鼓动费托莎埃夫，极力怂恿他和他的太太离婚。她对于母性的事一点也不惧怕，就是没有丈夫，她也有照顾她自己的勇气。

为了鼓动他吗？为了她要他和他的太太离婚吗？妮娜也是那样对乌拉奇美尔吗？陶拉一方面称赞费托莎埃夫，一方面希望华西利莎赞成她的主张。

可是，华西利莎只是想着她自己的烦恼。陶拉只看见费托莎埃夫的长处，妮娜也是同样，只看见乌拉奇美尔的长处去爱他。可是，华西利莎却不同。她能够发现乌拉奇美尔的短处。她爱他，但是她不满意他的缺点。那些缺点使她很痛苦。因此，她想矫正他。可是，那不是使乌奥洛查亚不高兴的吗？

"为什么他的太太要老是那样纠缠着他呢？"陶拉很讨厌似的说，"难道他们还互相爱着吗？"那恐怕已经是过去的事了。现在，结合他俩的什么也没有了。那太太真是不了解他——她完全不懂他对她怎么样——他也是一点也不理解她。

华西利莎觉得，那正是说乌拉奇美尔和她自己个人的事的。他不了解我想怎么样，我也不晓得他想干什么，两人都是各走各的路。

"他觉得他的太太完全是别人一样。他和她，无论在趣味方面，在思想方面，在一切方面都不相投。太太叫他是她的丈夫，却说他是没有用的男人。在他太太的人生中，他并不是必要的。"

那么她，华西利莎是必要乌拉奇美尔的吗？没有他她就不能生活吗？

她自己心里这样问她自己，她很明确地答，不！并不是必要他的——就是现在也还不是必要。而陶拉还是续着说："那究竟还爱什么呢？他们已经互相讨厌了，好像猫和狗做夫妻一样，各走各的路，已无友情，又不诚实，一点儿趣都没有了！"

是吧，华西亚想，她和乌拉奇美尔正和他们一样，已无友情，又不诚实，一点儿趣味都没有了。

"而我们，我和费托莎埃夫同志是同一个心、同一个灵魂，双方互相了解。"

乌拉奇美尔和妮娜也正是这样爱着。

现在华西利莎才恍然大悟，她想透了。

她现在有许多紧急的关于党的问题，又要准备出发，忙个不停。可是她忘不掉费托莎埃夫的问题。她一面怂恿费托莎埃夫离婚，对他的同事们解释，一面竭力为陶拉辩护。

这些事，在华西利莎看起来好像很重大，可是连她自己也不晓得那是什么缘故。

华西利莎赶快从党部到家里。明天她就要到纺工场去了。她的脑袋里好像旋风似的非常混乱，要怎样去改造工场呢？要怎样才能使那许多非党员服从那些指令呢？近来，那些党外的民众和那些共产党员们没有什么变动。他们已经渐渐注意一切事，他们自己已经能够探索一切事了。现在，他们决不会信仰的，如果没有确实的基础，还是不要对他们说好。

她的脑袋给些东西塞满了，心里的痛苦也忘记了。失掉了恋人，失掉了同事，失掉了最亲爱的人也不觉得怎样了——过去的夏天，那"经理太太"的生活她也忘记了。

华西利莎非常忙急，从早上至现在一样东西都没有吃过。很奇怪地她一想到食物心里就想作呕。她觉得一切都很暗淡，头晕目眩。这种讨厌的心情直要永继续下去吗？难道是病了吗？抑是……

在她的心里浮现了一种疑虑，她几乎三个月没真月经来了。去请马利亚·安多莱维娜诊察诊察好吧。马利亚就住在那横街里。华西利莎和马利亚是设立公共住宅的育儿室时的同事。怎样请她诊察才好呢？如果是病了，那么华西利莎不能去工作了。

她走到横街上小小的白屋前，按那电铃。马利亚·安多莱维娜医生亲自出来开门。

"你为什么特别来到这里呢？是因为事务来的吗？还是来请我诊察呢？"

华西利莎很难为情，面孔绯红。

马利亚·安多莱维娜望了她一会儿，手便搭上她的肩膊上。

"请进来吧，让我给你诊诊看。"

马利亚·安多莱维娜问华西利莎的食欲怎么样，月经适调否，会晕眩不会等等。马利亚好像以前的什么她都不晓得似的就直接诊察华西利莎的身体。这样的诊察，华西利莎觉得很不愉快，很迷惑。她从来没有给妇科医生诊治过。她坐在诊椅上的时候，惊了一跳。

要穿过衣服，她的手颤动着连衣服都不会脱。马利亚·安多莱维娜穿上白色的诊察衣服，站在洗手盆面前，留心用肥皂洗刷她的手。

暂时双方都沉默着。

"唉，华西利莎太太，不知你会后悔还是喜悦，无疑地你已经怀孕了。"

华西利莎愕然。她的脸上忽然浮着喜悦的微笑。宝宝？那多高兴哟！

"你回到那里去吗？"用绣了名字的毛巾拭着手穿着诊察衣的马利亚这样问她。

"丈夫那里吗？不！"华西利莎摇着头说，"我不回他那里去了，我们已经分别，各走各的路了。"

"分别了吗？在这样的时候分别?！不过，怎么样了呢？如果还没有弄妥手续，那么你自己想想看怎么样吧？你独自一个人跑到哪里去呢？你的身体又这样孱弱！"

"我并不是独自一个人。明天我就想到纺织工场去。那里有很好的团体，大家都是纺织女工，我们就在那里一块工作。育儿所自然是要设立，我就是想来问问你那些事的。你怎么样经营你的育儿所的呢？请你告诉我什么是应该注意的事吧。"

他们谈着育儿所和补助金、捐款雇员的薪金这些事。华西利莎已经忘记了个人的事情了，她要走的时候，马利亚才对她提起那件事。

"不要太辛勤了，你要留心你自己的健康才好，我真担心你的事。"

随后她又忠告华西利莎几件事，什么事是禁忌的，什么事是不要紧的。华西利莎留心听着，而且留心记住。那些都是为了生育的事，因为要生育健康的孩子，还这样小，没有什么人可依靠……

宝宝！那是多么可喜的事！她对于别的女人们不能不显示一点儿共产主义者们的育儿方法，厨房、家庭生活和别的什么事都可以不必要，可是育儿所却不能不建设，能够独立的公共住宅却不能不经营。说一百遍，也不如得一个经验。

华西利莎想着使公共住宅独立的事，连她自己的孩子的事都忘记了。而乌拉奇美尔的事和别的什么问题她早已想不起来了。

华西利莎打叠她的行李，那时正检叠装着乌奥洛查亚的相片和信的皮箱。那小小的有色彩的信封，妮娜·康斯丹清诺维娜的信就夹在那一堆信中。

华西利莎看见那封信，她把它翻来覆去不知看了多少遍。她不注意那封信似的，可是她又想把那信再读一遍。那或许再会使她痛苦。她不能抑制住不看。每读一次，以前的痛苦就再刺痛她的心。可是，那种痛苦马上又冰结了——那是她愤怒乌拉奇美尔。为什么他要说谎呢？为什么他要骗她呢？

她把那封信拿到窗前，那时房里已经暗起来了。她打开那已经看惯了的信，一字一字地留心读下去。可是很奇怪，那好像尖刀刺着一样的痛苦，现在不晓得跑到什么地方去了。那嫉妒的毒蛇似乎也失掉了它的作用。

她的心里竟涌上了怜悯之情，她觉得很同情妮娜·康斯丹清诺维娜的眼泪，她很同情那个女人心里的悲悯和叹息。她现在又想起了用手去抹眼泪离开音乐堂时的妮娜的情形。

为什么妮娜会烦恼呢？为什么她要忍受那样的烦恼呢？她把怀着的孩子堕胎了，为什么呢？

华西利莎走到桌边，推开了格尔西亚的布屑，拿出墨水开始写信。

妮娜·康斯丹清诺维娜姑娘，

我并不认识你，关于你的事情我一点儿也不晓得。我只是见过你一次。我不满意你的事现在明白地对你说吧。那时，你离开音乐堂，用手抹眼泪的时候我便了解你心里的痛苦了。我也伴着你的痛苦而痛苦。

现在，我又读了一遍你给乌拉奇美尔·伊华诺委奇的信。我想把那封信寄给你。我私取那封信本来是不对的。我把那封信瞒住了乌拉奇美尔。可是你那封信的目的已经达到了，所以我想，你对于那事也一定不会恨我的。

我对于你信里所说的事已经再三想过了。现在我再读了一遍，我对你一点儿怨恨也没有，一点儿愤怒也没有。我晓得，为了我的缘故，你也苦恼过。现在，我想把我对乌拉奇美尔说的话再对你说一遍。那是我们隐藏了很久的游戏着的事。你是乌拉奇美尔·伊华诺委奇的太太，十全十足的正式的太太。

你们两位是情投意合的，而我却不适合于做他的太太。我们的趣味不同，生活的方式又各走各的路。他所想的事我不懂，我所想的事他又不了解。

我们说，乌拉奇美尔和我分别了，那绝不是说你夺去了我的那个人。因为他早已不爱我了，你才占领了他的心。以后，我还可以和以前没有乌拉奇美尔的时候一样地生活下去，而你没有了他就不能再生活，最少，在你们两人还爱着的时候是这样。

乌拉奇美尔·伊华诺委奇和我是自由结合的，所以我们也用不着什么离婚的手续。

我决不责怪你。假使我早知道你们是互相爱着的，那我早采取这样的手段了。请你对乌拉奇美尔说，我不仅一点儿都不含恨他，而且永远保持着我和他的友情。此后，如果你有什么需要我帮助的时候，我还是可以竭力帮助你们。我对你虽然一点儿爱也没有，可是现在我一切都了解了，我深切地同情你的眼泪，我深切地同情一位女人的烦恼和心里的痛苦。

我对你完全是对我的妹妹一样，愿你幸福，祝乌拉奇美尔愉快！请你转告他好好地培养他的玫瑰花吧。

告诉你我的新住址。如承赐书请你就直接寄到这里来。真的，妮娜·康斯丹清诺维娜姑娘，我们两人的心虽然都很痛苦，可是我们绝不是敌人，我们怎样也不想伤害你我的对手。

再见，愿你幸福无疆！

华西利莎·马利奇娜

信末并附她的住址。她把两封信封在一块，用舌尖濡湿糊上。

那时，她的心——不是理性的——赶快对她自己说，这样便结束了。

结束了？那么，还有什么痛苦吗？

什么痛苦也没有了。

还有什么悲哀吗？还有好像尖刀刺着一样的悠久的悲哀吗？

一切悲哀也消失了。

她所思念的只是"美国人"乌奥洛查亚——而不是乌拉奇美尔·伊华诺委奇。现在，她想起了乌拉奇美尔的事便看见妮娜，想起了妮娜的事又看见乌拉奇美尔在她的身旁。

在华西利莎看起来，他俩好像不能分开的一件东西一样。

那一个东西并不会使她痛苦的。她觉得使他们两人合并在一块实在很好。

她的心平静地充满着和平，恰好像暴风雨后的庭园一样的平静。

华西利莎站在窗前，望着垂没的太阳。金色的落日的余晖，好像暴风雨后一样，落在紫云的后面。鸟儿叫着翱翔于苍空找着它们的巢坫。

空气中漂着木叶草茸和秋天的土香。那是新鲜的清冽的芬香，和乌拉奇美尔那里浊鼻的香气不同。

华西利莎深深地吸了一口气，贪吸着大气的香气。

人生真是很美满的。

她伸出窗外，在那小小的中庭里，格尔西亚还在那微明中忙着收拾那些洗濯的东西。

"格尔西亚姑娘，来吧，快点儿。我告诉你一事很好的事……"

"好，马上来了。"

格尔西亚跑进房里把洗的东西放在床上。

"什么事？有信吗？"

"信？是的，信哩！不是寄来的信，是我写的信。你猜得出是写给谁的信吗？"

"除了给乌拉奇美尔·伊华诺委奇的信还有谁的呢？"

"错了，不是他的信，而是他的可爱的太太妮娜·康斯丹清诺维娜的。"

格尔西亚愕然："为什么写信给她呢？"

"唉，格尔西亚姑娘，刚才我又把妮娜的信反复读了一遍，我觉得她实在很可怜。她完全是为了我而痛苦，而且是为了我而牺牲她的孩子。她已经容忍了一切，受过一切哀愁了，她实在是很可怜。为什么呢？我们绝不是生来就是敌人，我们绝不是敌人。如果她并不爱乌拉奇美尔而夺去了他，那我一定不容赦她，永远憎恶她。可是，现在我已经真正了解她了……因为她是爱乌拉奇美尔的。她比我更爱乌拉奇美尔。那么她当然是需要乌拉奇美尔的。没有乌拉奇美尔，她的生活便没有一点儿趣味。所以她要写'没有你，我便不能生活了'。但是我没有了乌拉奇美尔怎么样呢？我翻来覆去地想来想去，我已经晓得，没有他，我也不会怎样痛苦。如果是那'美国人'的乌奥洛查亚归来，那又当别论。因为，格尔西亚，我还是爱着从前的乌奥洛查亚。可是那'美国人'已经消失了，永不再来了。为什么我要使妮娜痛苦呢？为什么我还要扰乱他们两人的幸福呢？'经理'究竟是什么？我并不需要他。"

"是的,"格尔西亚附和着说,"在你,那经理算得什么,有什么要紧。抛弃了我们这些朋友而去俯就经理那不是很下劣的吗?华西利莎太太,你不要灰心,在非党员的人们中也有许多漂亮的人物,在这些人中也有许多真真燃烧着无产阶级的意识的共产主义者们。"

"那自然,我们非逐渐补充党员不可。那些旧式的人们怎么样呢?他们已把无产阶级的主义去换过从前的洋灯和绸被了。他们是不能理解我们的,所以,格尔西亚姑娘,为什么我还要使妮娜痛苦呢?为什么还要怨恨乌拉奇美尔呢?像他们又不是结婚,又不能自由恋爱,那样的状态有什么意思呢?不要再使他们那样了,不要再使他们痛苦了。他们已经苦够了。我和乌拉奇美尔分别的时候我还不明白这一层,我好像还期待着什么,希望着什么,好像如果乌拉奇美尔抛弃了我,跑到那个女人那里去,我就要悲苦到死一样。回到这里以后,那些痛苦的心情已经消失在九霄云外了,不知怎地好像没有到过什么地方去一样。自我到党部工作以来,有许多事要我去办,我已经忘记了自己的哀愁。你相信吗?我明白对你说吧,我一点儿也不悲哀,一点儿也不嫉妒,一切都很平稳无事了。"

"啊,我的圣母,我感谢你!"

格尔西亚望着砌着十字架的圣像坛这样说:"华西利莎太太,这几天来我对着圣母的祈祷真不是空费的。'请救一个女人的心,请援助华西利莎太太吧!'我这样祈祷过。"

华西利莎微笑着说:"咳,请你不要再祈祷了吧。格尔西亚姑娘,到了现在你还信仰圣像吗?你说的事都是真实的。我已经完全恢复了。这几个月来,我不是梦游病者一样兜着圈子吗?我完全失掉了意识，没有了生命，忘记了党。现在我已经恢复了。我觉得一切事都很愉快，我觉得一切都很新鲜，世界依然转动。乌拉奇美尔虽然不在，可是党仍然存在着。这是自患肠窒扶斯病复原以后，我最先感觉到的事。"

"我恐怕你的病又会复发，假使他又再寄信给你。"

"不，格尔西亚姑娘。这样的事不会再有第二次了，"华西利莎深思地摇头，"我的心情已经完全变了。我已经不会愤怒也不会责怪他那些事了。对妮娜的嫉妒也已经消失了，残剩在我的心里的只是对他们的怜悯。现在想起来，我们两人从前都是陷在迷宫中的。我们三个人都很痛苦，我们都找不着解除这些痛苦的出路。我了解妮娜的心时，我才找出解除那痛苦的出路。那并不是我容赦她。有什么要容赦的呢？不，我完全对我的妹妹一样地同情她。因为，她所受的痛苦完全和我所受的痛苦一样。那并不是她不对，那完全是人们不能达到的理想。我觉得她很可怜，所以我心里便平静下来了。"

"你已经不爱那个人了，所以你的心就自然平静起来。恋爱是伴着痛苦来的。不用说，恋爱可以给你以喜悦，可是随后悲哀就跟着来了。没有痛苦的时候，恋爱也消失了。"

"那不然，格尔西亚姑娘。那样的看法是不对的，"华西利莎摇着头说，"我并没有说过我不爱乌拉奇美尔。他依然留在我的心中。不过我的爱法已经变化了。我对乌拉奇美尔的爱已经不会痛苦了，我已不对他生气了。我还要感谢他，我们从前的爱和随着我的爱得来的幸福。我有什么要恨乌拉奇美尔的呢？在他爱我的时间中我们是很幸福的。现在他不爱我了，那能归咎谁呢？我还要感谢他——

218

我们那些过去的幸福的日子。我觉得乌拉奇美尔是我的兄弟，妮娜就是我的妹妹一样。"

"我还不明白为什么你把妮娜姑娘当作你的妹妹一样。你愚弄自己了，华西利莎太太。不要太聪明了，超乎共产主义是不成功的。自然，关于妮娜的事你能容赦乌拉奇美尔先生那是很好的。你只要容赦他，忘记他，把他从你的心膜上除去就好了。可是爱——不，只要那个爱不要再存在你的心里。你应该把你那个爱那个心贡献那些劳动者们。劳动者们的生活实在很痛苦，许多人都不敢相信他们自己的力量。劳动者们在你们共产主义者们的领导之下没有得到很大的生活的余润。我虽然不是党员，这些事我却可以晓得。华西利莎太太，请你把那些真正的事都告诉我吧。"

"不用说，你是很了解我们的，格尔西亚姑娘，大家都晓得你。可是你究竟为什么还要礼拜圣像呢？啊，怎么了？为什么沉默呢？好，我不说什么了，请你不要生气吧，我不再嘲弄你了，我不再多嘴了，格尔西亚姑娘。我今天真的非常快活，心里非常轻松，非常自由。可是你晓得是谁治好我的心痛呢？请你猜猜吧。"

"我一点儿也猜不出。"

"就是费托莎埃夫夫妇哩。"

"唉哟，你是容赦他的太太的罪恶和卑劣吧！"她们都大笑起来。

"格尔西亚姑娘，我还有一件很重要的事没有告诉你的，我今天到医生那里去，说我快要生小宝宝了。"

"小宝宝？"格尔西亚拍着手说，"真的吗？那么为什么你要和他分别呢？你想使你的宝宝没有父亲吗？是你想用现在一般人惯用的方法堕胎呢?"

"堕胎? 为什么呢? 抚育起来不好吗? 我是不必要男子的。男子会做的不过是父亲罢了! 你没有看见有三个孩子的费托莎埃夫的太太吗? 她们母子不是不能防止他去爱陶拉吗?"

"那很好。可是你怎样能够一手抚育你的小宝宝呢?"

"只我自己一手? 我们会设特别机关来抚育孩子。我们可以建设育儿所。请你也来帮我们的忙吧, 你也很喜欢孩子。那么这个孩子就是我们的宝宝, 我们两个人一齐把他抚育起来。"

两人又大笑起来。

"但是, 格尔西亚姑娘, 我要赶快检查我的行李, 火车明天一早就要开行。我明天就要去上工。这次我想我可以按照自己的理想去整理一切事了。斯达般·阿尔基莎委奇祝福我再出山, 啊, 我再工作起来! 格尔西亚姑娘, 你晓得我是怎样的高兴吗?"

华西利莎拿起格尔西亚的手。她俩好像小孩似的在房里跳来跳去。她们险些把那裁缝店里的人体模型弄翻了。

她们大声笑起来, 连楼下中庭里的人们都听见她们的笑声:

"我们要生存的, 格尔西亚姑娘, 我们怎样也要生存!"

　　　　　　　　　　　　一九二九年三月二十六日　上海

"俄苏文学经典译著·长篇小说"书目

沙宁　　　[苏联] 阿尔志跋绥夫 著／郑振铎 译
罗亭　　　[俄国] 屠格涅夫 著／陆蠡 译
少年　　　[俄国] 陀思妥耶夫斯基 著／耿济之 译
死屋手记　　[俄国] 陀思妥耶夫斯基 著／耿济之 译
罪与罚　　[俄国] 陀思妥耶夫斯基 著／汪炳琨 译
卡拉马佐夫兄弟　　[俄国] 陀思妥耶夫斯基 著／耿济之 译
白痴　　　[俄国] 陀思妥耶夫斯基 著／耿济之 译
铁流　　　[苏联] 绥拉菲莫维奇 著／曹靖华 译
父与子　　[俄国] 屠格涅夫 著／耿济之 译
处女地　　[俄国] 屠格涅夫 著／巴金 译
前夜　　　[俄国] 屠格涅夫 著／丽尼 译
虹　　[苏联] 瓦西列夫斯卡娅 著／曹靖华 译
保卫察里津　　[俄国] 阿·托尔斯泰 著／曹靖华 译
静静的顿河　　[苏联] 肖洛霍夫 著／金人 译
死魂灵　　[俄国] 果戈里 著／鲁迅 译
城与年　　[苏联] 斐定 著／曹靖华 译
钢铁是怎样炼成的　　[苏联] 奥斯特洛夫斯基 著／梅益 译
诸神复活　　[俄国] 梅勒什可夫斯基 著／郑超麟 译
战争与和平　　[俄国] 列夫·托尔斯泰 著／郭沫若　高植 译
人民是不朽的　　[苏联] 格罗斯曼 著／茅盾 译
孤独　　[苏联] 维尔塔 著／冯夷 译
爱的分野　　[苏联] 罗曼诺夫 著／蒋光慈　陈情 译

地下室手记　　　〔俄国〕陀思妥耶夫斯基 著／洪灵菲 译

赌徒　　〔俄国〕陀思妥耶夫斯基 著／洪灵菲 译

盗用公款的人们　　　〔苏联〕卡泰耶夫 著／小莹 译

在人间　　〔苏联〕高尔基 著／王季愚 译

我的大学　　　〔苏联〕高尔基 著／杜畏之　萼心 译

赤恋　　〔苏联〕柯伦泰 著／温生民 译

夏伯阳　　〔苏联〕富曼诺夫 著／郭定一 译

被开垦的处女地　　　〔苏联〕肖洛霍夫 著／立波 译

大学生私生活　　　〔苏联〕顾米列夫斯基 著／周起应　立波 译

奥尼金　　〔俄国〕普希金 著／甦夫 译

盲乐师　　〔俄国〕柯罗连科 著／张亚权 译

家事　　〔苏联〕高尔基 著／耿济之 译

我的童年　　〔苏联〕高尔基 著／姚蓬子 译

贵族之家　　〔俄国〕屠格涅夫 著／丽尼 译

毁灭　　〔苏联〕法捷耶夫 著／鲁迅 译

十月　　〔苏联〕A. 雅各武莱夫 著／鲁迅 译

安娜·卡列尼娜　　　〔俄国〕列夫·托尔斯泰 著／周笕　罗稷南 译

克里·萨木金的一生　　　〔苏联〕高尔基 著／罗稷南 译

对马　　〔苏联〕普里波伊 著／梅益 译

暴风雨所诞生的　　　〔苏联〕奥斯特洛夫斯基 著／王语今　孙广英 译

猎人日记　　〔俄国〕屠格涅夫 著／耿济之 译

上尉的女儿　　〔俄国〕普希金 著／孙用 译

被侮辱与被损害的　　　〔俄国〕陀思妥耶夫斯基 著／李霁野 译

复活　　〔俄国〕列夫·托尔斯泰 著／高植 译

幼年·少年·青年　　　〔俄国〕列夫·托尔斯泰 著／高植 译

烟　　〔俄国〕屠格涅夫 著／陆蠡 译

母亲　　〔苏联〕高尔基 著／沈端先 译